JN035193
Infinite
インフィニット・デンドログラム
Dendrogram
21. 神殺し
海道 左近
イラスト タイキ

夜が明け、血に染まった首都は、もはや苦悶の声すらも聞こえない。
多くが苦しみ、溶けて、今は骨を晒すのみ。
「～♪～～～♪～」

けれど一人だけ、苦悶とは無縁の人物がいた。

メイヘムの小さな王宮の庭園で、ソプラノで高らかに歌い上げる。

まるで、溢れる感情を抑えきれないように。

「♪〜♪〜〜」

彼の者の名は、キャンディ・カーネイジ。

Character

レイ

レイ・スターリング／椋鳥玲二（むくどり・れいじ）

〈Infinite Dendrogram〉内で
様々な事件に遭遇する青年。大学一年生。
基本的には温厚だが、譲れないモノの為には
何度でも立ち上がる強い意志を持つ。

ネメシス

ネメシス

レイのエンブリオとして顕在した少女。
武器形態に変化することができ、
大剣・斧槍・盾・風車・鏡・双剣に変化する。
少々食い意地が張っている。

マリー

マリー・アドラー／一宮渚（いちみや・なぎさ）

〈DIN〉という情報屋集団に所属し、
【記者】として様々な情報を扱っているプレイヤー。
自身の漫画作品「イントゥ・ザ・シャドウ」の
主人公をロールプレイしている。

キャンディ

キャンディ・カーネイジ

〈Infinite Dendrogram〉の世界を
震撼させた事件を起こし、一国を亡ぼした【疫病王】。
"監獄"に送られていたが、
現在は【犯罪王】と共に脱獄した。

〈Infinite Dendrogram〉
-インフィニット・デンドログラム-

21.神殺し

海道左近

HJ文庫
1119

口絵・本文イラスト　タイキ
メカデザイン・イラスト　小笠原智史

Contents

プロローグ 〈トーナメント〉二日目

□【呪術師】レイ・スターリング

俺がレイレイさんに完敗し、その後になぜか【魔王】の一人と戦うことになった〈トーナメント〉一日目から明けて翌日。

無事にクランのみんなに森から回収してもらい、全身の傷も国教の教会で【司教】の人に治してもらった。継続する傷痍系状態異常が少し残ったが、それも回復アイテムを服用していれば数日で治るらしい。

国教の人から「〈月世の会〉の治療院の方がよく治りますよ」と勧められたが、女化生先輩に借りを作ると後が怖いのでノーセンキュー。

というか、普通に商売敵を勧める国教の人達が大らかすぎる。

そんな訳で俺の傷は問題なく、シルバーの方も自己修復可能な範囲だったので数日もすれば普段通りに走れるようになるらしい。

突然の窮地で一時はどうなるかと思ったが、良好な結果と言える。

さて、俺も二日目からは〈トーナメント〉の観戦に回る。

今日、うちのクランからはビースリー先輩が出場しており、今も舞台の上では戦闘の装い……全身を覆う大鎧と両手に盾を持つスタイルで試合開始のときを待っている。

そんな先輩の対面……対戦者もまた俺が見知った相手だった。

狼の如き耳を生やし、蛮族のような装いをした槍を構える女性。

『〈トーナメント〉二日目、決勝戦！　〝骨喰〟狼桜VS〝蹂躙天蓋〟Barbaroi・Bad・Burn！』

そう、先輩の相手は第三位クラン〈K&R〉のサブオーナー……【伏姫】狼桜だ。

「俺もよく知ってる二人だな」

「だのぅ。ビースリーとはクランを作る前から幾度も肩を並べておるし、狼桜にしても一度矛を交え、その後はジュリエットとの決闘を見てもいる」

各々が何をできるのかは知っている。

『試合開始ィ！』

だからこそ、――続く二人の攻防に息を呑む。

狼桜がガシャドクロの必殺スキルでSTRとAGIを強化する外骨格を纏いながら、【伏姫】の奥義にして初撃限定の超威力攻撃である《天下一殺》を放つ。

しかしそれを読んでいた先輩が《天よ重石となれ》で威力と速度を削ぐ。

そこから《アストロガード》で防御力を引き上げつつ、盾を犠牲にその一撃を防ぐ。

動きの鈍った狼桜に対し、今度は先輩がアトラスの必殺スキルを使用して、破壊されたものとは逆の盾で狼桜に強力無比な一撃を叩き込む。

だが、狼桜はジュリエット戦で見せた致命回避と転移の効果を持った特典武具でそれを凌ぎ、先輩の背後に回り込んでバックアタック強化の《背向殺し》を放つ。

先輩はそれを読んでいたかのように左腕を後方に向け、特典武具である全身鎧【マグナム・コロッサス】の《ガントレット・トリガー》で左手甲を射出して相殺した。

激突音と共に、両者が距離を空ける。

かくして、一分足らずの時間でお互いの切り札という切り札を使い切るかのような激戦を繰り広げている。

お互いに相手の手の内をほぼ把握しているからこそ、出し惜しみをしていない。

一手違えればそこで決着する攻防、しかし恐らくここまでは両者にとって想定内。

お互いに知っている手の内を使い合う……言うなれば将棋の定跡に近い。

ゆえにここからは定跡を外し、相手に見せていない新手を使ってくる。

『疾イッ！』

またも先に動いたのは狼桜。

ガシャドクロとは逆の手に新たに取り出した槍を《瞬間装備》して、先輩へと投じる。

避けるか防ぐかの二択で先輩が選んだのは自分のスタイルである防御。

こちらも《瞬間装備》で新たな盾——以前も使用していた巨人用の巨大盾を装備し、投げられた槍の射線上に壁のように配置する。

矛と盾がぶつかった瞬間、俺も含めて観客は甲高い激突音を予想して身構え……、しかしその音は訪れない。

なぜなら、音の源が——消えていたからだ。

『!?』

舞台上の先輩が驚愕した表情を浮かべる。

だが、それは本来見えるはずがないもの、兜で隠されているものだ。

即ち今は、先輩の顔が露わになっている。

先輩の装備していた盾と鎧、防具全ては……装備解除されていた。

「装備外しの槍⁉」

新手の特典武具か、あるいは希少素材によるオーダーメイドか。

投げられた槍は消えていたが、代わりに先輩の防具全てが外れて舞台上に転がっていた。

そしてインナーだけで無防備になった先輩へと、狼桜が加速する。

先輩のジョブである【鎧巨人】や【盾巨人】は堅牢なタンク職だが、それは装備防御力に依存したもの。防具を剥がされれば、頑強さは著しく落ちる。

狼桜は最初からこの装備解除の槍で勝負を決める算段だったのだ。

そのために自分の手札を囮にして必殺スキルを含めた先輩の手札を削り、槍を用いた。

防具がなければ、ジョブ構成と超級職のフィジカル差で狼桜が勝つと読んだのだろう。

迫る狼桜に、先輩はせめてもの抵抗のように両手を向けて……。

「「あ」」

俺とネメシスは同時にその意味に気づいた。

寸前までの驚愕の代わりに先輩の顔に浮かんだ――獰猛な笑みにも。

そして狼桜が先輩の僅か三メートル手前に迫り、

――突進の前傾姿勢のまま舞台へと叩きつけられた。

『なぁ!?』

今度は狼桜が驚愕する番だった。

先輩を討つはずだった槍は腕ごと舞台に押し付けられて上がらず、むしろ沈んでいく。

その顔は『《天よ重石となれ》の加重なんて突破できるはずなのに』と言いたげだ。

だが、違う。今使われているのは狼桜の知る《天よ重石となれ》ではない。

それは、テリトリーの圧縮。

ビースリー先輩が扶桑先輩から伝授され、講和会議の【獣王】戦でも使用した……未だ狼桜には見せていなかった切り札。

範囲を絞った重力圏は通常の五〇〇倍加重を大きく超え、五〇〇〇倍以上。

その超加重の前には前衛超級職の狼桜でも足が止まり、【拘束】の状態異常に罹る。

「…………」

先輩も、この圧縮技術を使う場合は身動きが取れない。

だが……もう勝負はついている。

『ぐ、ぉ、ご……!?』

狼桜が血を吐きながら、舞台にめり込む。

さらに圧を強めていく加重に抗えず、徐々に肉体が破壊されていく。

かつてあれを受けた【獣王】は動きが鈍るだけで平然としていたが、それは【獣王】が例外中の例外。通常、生物の肉体はそこまで頑強ではない。

超級職であろうと、奇襲性に特化した【伏姫】にはあの超重力に耐える強度はない。

相手の手札を吐かせるというならば、それは先輩も同じ。

狼桜が必殺スキルで生み出した、五〇〇〇倍加重にも耐えられただろうSTR補正の外骨格を剥がした時点で……先輩はこの決着を見据えていたのだろう。

共に隠していた切り札。

狼桜の一手は勝利に近づく手だったが、先輩の一手は勝利する手だった。

言わばこれはその差であり、

『――伏せだぜ、ワンちゃん』

――先輩の煽りと共に、狼桜は圧死した。

◇

「……狼桜の奴、最後は大衆に見せられない顔で殺されておらなかったか？」

「煽られてブチ切れてたな。まぁ、先輩も大舞台で脱がされてるからイーブンじゃないか？」

「うーん、双方のプライドに傷をつけまくっておるのぅ」

多分、これも二人の因縁の一つになるのだろう。ＰＫ時代から色々あったようだし。

……あの二人、試合終わって元通りになった後も武器持って睨み合ってるな。

「やれやれ……ん？　レイ、その手に持っておるものは？」

「先輩に賭けた投票券」

決闘都市の催しらしく、〈トーナメント〉も勝者を当てるギャンブルが実施されている。

普段の決闘では試合前にどちらが勝つかを賭ける形式だが、〈トーナメント〉では予選四回戦を突破した本選出場者が出揃った時点で『誰が優勝するか』を投票する形式だ。

この二日目は決闘上位ランカーにして超級職の狼桜が頭一つ抜けた本命だったが、勝ったのはビースリー先輩だ。

結果、ビースリー先輩に賭けていた俺の手元にも相当の払戻金が入ってきた。

具体的には一億リル賭けたら五億以上になって返ってきた。

「……金銭感覚ぅ」

「例の金属素材を売ったお金が大分残ってたから……」

「御主という奴は……またしてもギャンブルに大金を費やしおって」

「お金を貯めれば今は賃貸の本拠地を買いとれるかもしれないし……」

「ギャンブルで金を貯めて家買うとかかなりの妄言だからの？」

「……たしかに」

ともあれ、先輩は無事に勝利したので、二日目の閉会式の後は先輩と一緒にパーティで賞品の〈ＵＢＭ〉に挑むことになる。

「昨日は参加できなかったからのぅ。今日は頑張るとしよう」

「ああ」

あと八日間ある〈トーナメント〉。俺達〈デス・ピリオド〉が何度〈ＵＢＭ〉に挑戦できるかは分からない。

だが、この〈トーナメント〉で頑張ってくれているメンバーのために、俺も力を尽くす。

「………」

きっと今は、少しでも自分達を高めるのが最善なのだから。

遠からず始まる皇国との再戦で、望む未来を掴むために。

エピソードⅠ 〈トーナメント〉三日目

□■決闘都市ギデオン・中央大闘技場(とうぎじょう)

二日目までの〈トーナメント〉の結果は、はっきり言えば順当な結果と言えた。

【鬼面仏心(きめんぶっしん) ササゲ】を賭けた初日の〈トーナメント〉は〈超級〉の一角である〝酒池肉林〟のレイレイが優勝し、その後の挑戦でも危(あや)うげなく特典武具を獲得(かくとく)した。

【破砦顎竜(はさいがくりゅう) ノーマーシー】を賭けた二日目の〈トーナメント〉では王国屈指(くっし)のPK同士の白熱の戦いが繰り広げられたが、最終的にバルバロイ・バッド・バーンが僅差(きんさ)で制した。

その後の挑戦においては自身とクランオーナーである〝不屈(アンブレイカブル)〟のレイ・スターリング、それとルーキーらしい四人の〈マスター〉と共に戦い、勝利して特典武具を獲得した。

ここまでの二戦、〈デス・ピリオド〉のメンバーが特典を獲得している。

その結果とレイレイやバルバロイが〈トーナメント〉で戦う様は、〈デス・ピリオド〉の力と恐ろしさを王国中に広く知らしめることとなった（そして大多数がクラン名称(めいしょう)と二人のバトルスタイルのせいでアンダーグラウンドなクランだと誤解した)。

しかしそれでも、三日目までも〈デス・ピリオド〉の勝利はないだろうと人は言う。

なぜならば、〈デス・ピリオド〉が三日目に送り込んだ〈マスター〉は、それまでの〈トーナメント〉を制した二人とは違う。

〈超級〉でもなく、名が知れたPKでもない。

まだルーキーとさえ言える無名の〈マスター〉だったからだ。

予選である四回戦までを勝ち、本選に残りはしたが……これ以上はないと考えられた。

本選の他の参加者は魔法系超級職【氷王】のアット・ウィキを筆頭に、〝千夜一夜〟のアドハムや〝幻獣サーカス〟のボルヘッドなど有力者が名を連ねている。

それゆえに無名のメンバーのオッズの倍率は高く、大穴と言われた。

この面子を相手に、勝つ訳がないからだ。

ただし、情報を付け加えるならば……その無名のメンバーに大金を賭けた者達もいる。

それはクランのオーナーであり、二日目の賭けで大勝したレイ・スターリング。

そして、〈デス・ピリオド〉とは無関係な四人の〈マスター〉。

レイ以外の者達はいずれも……予選で無名のメンバーに敗れた者達だった。

「……、っ……！」

荒く、息を吐く。

白いローブを纏う魔法職は、眼前の相手との戦闘に消耗していた。

体力よりも、魔力よりも、精神が摩耗しかけていた。

彼は、【氷王】アット・ウィキ。

クランランキング五位、〈Ｗｉｋｉ編纂部・アルター王国支部〉のオーナー。

その名の通り、〈Infinite Dendrogram〉のＷｉｋｉを編纂するために多くの国に拠点を持つクランの支部を担う男であり、討伐ランキングでも最高六位にまで到達した猛者。

また、パーティを組んでの〈墓標迷宮〉攻略で四五階にまで到達した実績もある。

そして先日、突如空位になった【氷王】の座にも就き、超級職としての力も手に入れた。

戦闘経験も知識も豊富であり、超級職であることと装備の充実ゆえに一対一の戦闘においても前衛に後れを取らない。今日の〈トーナメント〉において言うまでもなく大本命。

そんな彼が——無名のルーキーを相手に攻(せ)めあぐねていた。

(……九回目の試行失敗。視覚攪乱(かくらん)効果なし)

相手が上位クラン、〈デス・ピリオド〉のメンバーであることは知っている。

だが、彼の調査によれば〈デス・ピリオド〉は少数精鋭(せいえい)の……否(いな)、少数の精鋭によってその地位に座したクランだったはずだ。

四人の〈超級〉。有名なPK。

そして、様々な事件に出くわし、運よく解決してきた〝不屈〟。

他のメンバーは数合わせかお荷物、偶々(たまたま)フランクリンの事件で同道したことが縁(えん)でクランに入っただけのルーキーのはずだ。

だが、アットと相対する眼前のメンバーは……違う。

「……《ホワイト・フィールド》」

アットが魔法を行使しようとした瞬間に、相手は指を鳴らした。

それだけで……上級職【白氷術師(ヘイルマンサー)】の奥義が雲散霧消(うんさんむしょう)する。

「すみません。氷って、あまり好きじゃないんですよ」

それを為した相手……まるで雪の妖精のような美貌の少年はそんな言葉を発する。

真鍮色の衣を纏った彼は、傍らに〈エンブリオ〉――ガーディアンの淫魔と地竜――【ヘキサホーン・グランド・ドラゴン】を従えて微笑んでいる。

「少々不愉快な相手を思い出すので……。何より、使われると負けてしまいますから」

少年は人に好まれそうな笑顔でそう言うが、アットの内心は凍りつく。

（……上級職の奥義でも、潰すのに支障なしか）

魔法を消されたのは、これが最初ではない。

これまでに都合一〇回、戦闘中に魔法を潰されている。

それを為しているのが両手に装備した特典武具であることは分かっている。

《鑑定眼》でも詳細は読めないが、指を鳴らすだけで魔法を潰す効果があるのは明らかだ。

だが、それだけならば対処のしようはある。

オートで魔法を消す訳ではなく、その都度に装備者のアクティブな動作が必要になる。

であれば裏をかき、相手の予期せぬタイミングで魔法を行使すればいい。

ステータスの差は歴然であり、一度でも魔法が決まればそのまま押し込める。

だが、その一度が……ただの一度も成功しない。

無詠唱で使おうとした魔法さえもタイミングを把握し、装備スキルによる目眩ましを織り交ぜての発動までも最適なときに、指を鳴らして込めた魔力を霧散させる。

完全に、アットの動きを読み切っている。

お陰でアットは無駄なMPの消耗を強いられている。

（なぜここまで私の手の内を……！）

「三日目の〈トーナメント〉。アナタが勝ち上がってくるのは分かっていたので、アナタのこれまでの試合は欠かさず見ていました」

まるで心を読んだかのように、眼前の美少年が答える。

「これまでの試合で見せていない手を使わない限り、僕の裏はかけないと思ってください」

「………」

それは明らかな挑発だったが、ここで乗る訳にはいかない。

これまで相手の試合を見てきたのは、アットも同じ。

（全ての試合で、相手の攻撃を潰して勝利を得たのがこの少年だ……）

少年のスタイルは端的に言えば、『攻め手潰し』だ。

カードゲームで言えば、ロックデッキか拘束許可パーミッションデッキだろう。

それほどに、彼と相対した者は戦闘の自由を許されない。

観戦可能だった五回戦から準決勝までの三戦の内容が、それを物語る。

五回戦の相手である〝幻獣サーカス〟のボルヘッドは、彼同様にモンスターを連れた【高位従魔師（ハイ・テイマー）】。連れているモンスターのステータスはボルヘッドがやや上であり、さらに従魔強化の〈エンブリオ〉も有していた。

ぶつかり合えば、ボルヘッドが勝（まさ）ると思われたが……ぶつかることはなかった。

先手を取った【魅了（みりょう）】により、ボルヘッドは自身が連れたモンスターに殺された。

準々決勝の相手は〝千夜一夜〟、【紅蓮術師（パイロマンサー）】のアドハム。

先の試合を見ていたアドハムは【魅了】対策の装備を施（ほどこ）して挑んだ。

だが、今のアット同様に魔法を潰された後、淫魔と地竜に距離を詰（つ）められて轢殺（れきさつ）された。

そして準決勝の相手は、この〈トーナメント〉までは無名だったが確かな実力を見せながら勝ち上がってきた【砕拳士（パウンド・ボクサー）】ヘルマスク。

素早（すばや）いフットワークで距離を詰め、相手の頭部を粉砕（ふんさい）するファイトスタイル。

やはり【魅了】の対策装備を備え、今度こそ少年を倒（たお）せると思われた。

身体強化鎧のアームズに身を包み、懐（ふところ）に飛び込んだヘルマスクの拳（こぶし）は一撃で少年を葬（ほうむ）る威力を持っていた。

しかしその拳は少年の真鍮色のコート――コートに擬態した【オリハルコン・アーモリー・スライム】に防がれた。

必殺の拳をもってしても破壊できない……物理攻撃を無効化する液体金属のスライムに拳を止められたのだ。

その間隙に淫魔が【魅了】以外の多種多様な状態異常を浴びせ続け、罹った瞬間にスライムがヘルマスクをバラバラに切り刻んだ。

こうして彼は決勝の舞台にまで立った。

そして実際に彼と相対して、アットは実感する。

(……これを、ルーキーと思うべきではない)

先を読み、手駒を奪い、魔法を潰し、物理攻撃を妨げ、状態異常で陥らせ、仕留める。

相手の力を二割も発揮させずに潰し続けた……紛れもないバケモノである。

超級職ではないだけで、準〈超級〉の領域に当たり前のように踏み込んだバケモノだ。

ある意味では〝不屈〟以上に、ルーキーと思うべきではない手合い。

(慎重に勝機を探る。ステータスではこちらが上)

相手の挑発に乗る必要はない。

そして、準決勝までの相手を下した状態異常もアットには効かない。

アットの〈エンブリオ〉の銘は、【白夜洛陽　ティエンレンウーシュァイ】。

仏教用語の天人五衰をモチーフとした〈エンブリオ〉であり、その特性は『対状態異常』。

TYPE：ワールドであるティエンレンウーシュァイは、アット及び彼の周囲の指定した五人に与えられる全ての状態異常を無効化する。

その上で状態異常を蓄積し、状態異常を掛けた相手に増幅して撃ち返す。

対状態異常に特化したカウンター型の第六形態〈エンブリオ〉。この〈エンブリオ〉ゆえに、彼のパーティは恐るべき状態異常渦巻く〈墓標迷宮〉の深層にまで辿り着いた。

この〈エンブリオ〉を有するアットに状態異常を使うことは、その時点で敗北が確定する悪手。呪怨系状態異常を使うという三日目の珠を狙ったのも、勝算ありと見てのことだ。

しかしそんなアットの力を知るからこそ、少年も状態異常を使ってこない。手の内を知っていれば罠に嵌ることもない。

ゆえに、〈マスター〉同士の戦いは千日手。

成功を狙うアットの魔法の行使と、少年の妨害。

均衡を崩しうるのは、そんな両者を潰そうとする……お互いのモンスターだ。

『VAMOOOOO!』

『…………』

地竜がアットに向けて突撃するが、巨大な氷塊がそれを止める。

この氷塊は、アットがスキルで作り上げた【パルマフロスト・ゴーレム】だ。地属性魔法職が得手とするゴーレム作成の氷版。上位純竜級かつ耐久に特化した性能をしているため、壁役として地竜の攻撃を防ぎきっている。

魔法の攻めは防がれるが、地竜の攻めも防いでいる。

この勝負は一進一退の五分と言えるだろう。

(淫魔、地竜、スライム。いずれもステータスに上昇がみられるが、バフを加味しても【パルマフロスト】は抜けん)

相手のパッシブスキルによるバフと同様に、氷のゴーレムである【パルマフロスト】は【氷王】であるアットのパッシブスキルで強化され、魔力を送り込めば傷も塞がっていく。

加えて、かつて手に入れた特典武具【面壁傀念 バンウォール】には自身を守る壁役の防御力を引き上げるスキルが備わっている。

「…………」

五位クランのオーナーであり、集団戦闘を得手とするアットだが……ソロでもタンク・

アタッカー・ヒーラーのロールをこなせる万能者だ。

だからこそ、そんなアットと互角に戦う少年は脅威だった。

《鑑定眼》で見る限り、装備面での隠し玉はない。魔法を潰す特典武具とあのスライム以外は、いずれも従属キャパシティ増大が付与された装備品。……そうでなければ、純竜級モンスター二体をキャパシティに収めるのは難しいだろうが）

決闘ルールではモンスターにパーティ枠を使うことができず、従属キャパシティ内に収めなければならない。決闘ルールの〈トーナメント〉でこの問題をクリアするために、少年の装備品はキャパシティ増大に偏っている。

（二体のモンスターもバフ分を除けばまだ種族の平均ステータスに達していない。上位種への進化から間もないのだろう）

アットは膠着状態中に《看破》を使い、正確に少年の手の内を読み切っていく。

（ジョブについても把握済み。残る不明点は……あの〈エンブリオ〉か）

少年の傍らに立つ、淫魔の〈エンブリオ〉。

飛行能力を持っているが、【パルマフロスト】を飛び越えてアットを狙う様子はない。

回復魔法スキルを地竜にかけているだけだ。

アットを警戒し、不用意に飛び込ませないのだろう。

（【魅了】に回復魔法、他にも幾つかスキルを使っていたな。特性が不明瞭だ。あるいは、学習か保持に類するスキルかもしれない。そうであれば、出力自体は低いと見るが……）

〈エンブリオ〉というものは、万能になればなるほど出力が落ちる傾向にある。

あるいは、特殊な外部コストを要求するようになる。

少年が外部コストを支払っている様子は現時点では見受けられず、であればスキル自体の出力は低いと見るべきだろう。

（……何か、隠し玉があるのか？）

これまでの試合では〈エンブリオ〉がさほど目立っていないからこそ、この決勝でその手札を切る可能性は高い。

あるいは、使用までに時間が掛かるスキルなのかもしれない。

（であれば、先に勝負をかけるか。挑発に乗る形にはなるが……仕方ない）

アットは自らの両手を【パルマフロスト】の背に、その先の地竜や少年に向ける。

少年は指を弾こうとして……止める。

それが、魔法の発動ではないと悟ったからだ。

——瞬間、少年の眼前で何かが弾けた。

それは少年の衣服として身に纏っていたスライム。

少年を守るように動いたスライムの一部が、弾け飛んでいる。

「……なるほど」

少年は納得するように、アットの両手を……両手に収まったモノを見る。

それはアットが《瞬間装備》した——二丁の銃だった。

それらはただの銃器ではなく、魔力式銃器。

制作するジョブ自体がロストジョブと化し、今では〈遺跡〉などから出土する限られた丁数しか存在しないものだ。

アットはその希少品を両手に構えていた。

右手の銃がレーザー（光属性魔法）を撃ち出し、左手の銃が見えない弾丸（風属性魔法）を撃ち出す。

彼が数多のクエストや討伐で得た資金を使い、自身の得手とする氷属性以外の魔力式銃器二丁を手に入れた理由は二つ。

一つは、自身の得意属性が効かない相手を想定したため。

もう一つは、魔法そのものが使えない環境での攻撃手段を持つため。

そして今、少年は魔力式銃器の発射を止めることはできなかった。

これにより、アットは攻め手を一つ確保したことになる。

（隠し玉として、これまで使わずにいた甲斐もある。だが、これだけでは仕留めきれない）

不意打ちに近い銃撃だったが、スライムにガードさせることで本人は無傷。

発動を潰せずとも、何をしてくるかは読んでいたということだろう。

今も続けて撃ち放っているが、防御態勢を完全に固めたスライムには効果が薄いように見える。メタル系のスライムでなおかつオリハルコンの名を持つ以上、魔法攻撃への耐性は高いのだろう。

あるいは、魔法を潰すスキルを持つ特典武具ゆえに、魔法耐性を上げる装備効果もあるのかもしれない。

このまま銃器で狙い続けても、火力不足で仕留めきれるかは怪しい。

であれば……。

（こちらも試すか。まだ、検証中の技術だが……）

アットは少年を見据えながら……自身の魔力を回し始める。

対応して少年が指を鳴らすが、何も起きない。

アットの体から魔力が溢れ……結界内の気温が急速に低下し始める。

まるで先刻潰された《ホワイト・フィールド》のように。

「……これは」

少年が顔に疑問を浮かべる。

それはそうだろう。銃器とは違い、これは明らかに氷属性魔法なのだから。

だというのに、発動を潰せない。気温が低下し続けている。

なぜなら、これは魔法であって魔法スキルではないからだ。

長くこの〈Infinite Dendrogram〉で様々な検証を重ねたアットの辿り着いた情報。

ジョブスキルとは言ってしまえばガイド付きのスキルであり、使用を選択(せんたく)するだけで自動的に発動する。そうなるようにジョブのシステムからアシストされる。

だが、そうしないことも……できると彼は知っていた。

ジョブスキルを使わず、身に備えたMP(魔力)を使う術。

【神】シリーズに就けるティアン達(たち)が辿り着くという技術の境地。魔法の改造、創作。

検証と情報収集の末にアットはその入り口に足を踏み入れ、極(きわ)めて単純なオリジナル魔法を作り上げた。

彼が今行っているのは、プログラムで言えば『HelloWorld』程度の初歩の初歩。

ＭＰを冷気に変換する。

増幅もなく、指向性の調整もない、形すらない。

変換効率もジョブにアシストされた魔法スキルとは比ぶべくもなく……消耗は激しい。

魔法と言うには原始的で、名前すらない単純なものだ。

だからこそ、あの手袋では崩せない。

あるいは指を鳴らした瞬間には無力化できているのかもしれないが、アットは継続的に魔力を冷気に変換し続けている。

言うなれば、極めて原始的で発動時間の短い魔法を間断なく使い続けているようなものだ。その内の一度を潰したところで、意味はない。

（恐らく、あの特典武具は単一のスキルを狙い撃って潰すもの。ならば、短時間で連続するこの発動は防げない……！）

それは正しかった。

結界内を冷気が満たしていくが、少年が再度指を鳴らすことはない。

崩せないと、彼自身が承知しているのだ。

地竜の体に、そしてスライムに守られた少年の顔に……霜が張り始める。

「………」

凍り始めた少年は、容貌も相まっていよいよ雪の精のようだ。

だが、この冷気によって彼は死に近づいている。

パッシブスキルで冷気への耐性を持つ【氷王】であり、さらに〈エンブリオ〉によって【凍結】の状態異常になることもないアットとは違う。

このまま気温を下げ続ければ、アットの勝利が確定する。

「やはり、上位ランカーの方は一筋縄ではいかないようです。これは想定外でした」

吐く息も凍りそうな極寒の世界で、……しかし少年は変わらぬ声音で話す。

「手札の数。先日相対した【獣王】もそうでしたが、上位の者ほどできることが多い。勉強になります」

そうして少年は微笑んで、

「——僕もこれまで見せたものが全てじゃありません」

『——《ユニオン・ジャック》、竜魔人』

少年の言葉と重なりながら、淫魔がそう宣言した。

その瞬間に、少年の姿は消え去っている。

代わりに立っていたのは、一人の美丈夫(びじょうふ)の姿。

悪魔(あくま)の翼(つばさ)を生やし、右手に竜の角を束ねたような槍(やり)を持っている。

少年とは種族も体格もまるで違うが、両手の特典武具と金色の衣、僅かに年経てもなお健在の美貌だけは変わらない。

(……ガーディアンの融合(ゆうごう)スキルか！)

彼と、地竜と、〈エンブリオ〉。

三者のステータスを足し合わせ、元よりも強力な力を持った一つの個がそこに生まれたのだと、アットはすぐに察した。

(……まずい！)

アットがそう考えた直後に、激しい激突(げきとつ)音が響(ひび)く。

これまで地竜の攻撃に耐えていた【パルマフロスト】が、合体した竜魔人の一撃(いちげき)でその体に大きな罅(ひび)を作っていた。

(三者のステータス、そしてスキルの統合！　テイマーとしてのパッシブとガーディアンの自己強化！　いやそれだけではなく……【付与術師(エンチャンター)】の単体強化スキルもか！)

通常、従魔師系統が【付与術師】をサブに置く意味はない。付与術師系統のスキルは従魔師系統をメインにしていては使えない。汎用(はんよう)ならざるスキルであり、系統が違(ちが)うからだ。

だが、仮にこの融合スキルが、『融合したモノのステータスを統合し、全スキルを使用可能にする』効果であったならば……系統が違うジョブスキルでも使えるようになる。

だとすれば、テイマーのパッシブとガーディアンの自己強化、そして【付与術師】の単体強化が重なることになり……。

（まずい、完全に超えられている……！）

竜魔人のステータスは、【パルマフロスト】を圧倒した。

冷気は今も生じているが、強大になった竜魔人を凍死させるまでにはまだ時間が掛かる。

まず間違いなく、【パルマフロスト】の破壊とアットの殺害が先になる。

両手の魔力式銃器での牽制射撃を試みるが、竜魔人はアットを見もせずに槍の柄を回して防いで見せた。

銃器や冷気では殺すに至らない。

【氷王】としての氷属性魔法スキルを放てれば彼の動きと息の根を止めることもできるかもしれないが、特典武具がある限りは悪手となる……。

「ッ……！」

アットは、その瞬間に気づく。

竜魔人は両手で槍の柄を握り、振るっている。

（今ならば……！）

今このときならば、潰される前に先手を打って魔法を放てるかもしれない。

【氷王】の奥義である《氷河期》は未だレベルが届かずに使用不能だが、他のスキルで増幅を重ねた《ホワイト・フィールド》ならば奥義に近い威力を発揮することができるはずだ。

「《魔法威力拡大》……！」

左の銃器を納めながら、手に魔力を収束させる。

同時に、右手の魔力式銃器は継続して牽制射のレーザーを放ち続けている。

このまま、魔法が発動すれば良し。

潰されるとしても左手を離して指を鳴らす動作は明らかな隙。

そこで【パルマフロスト】を立て直し、戦況を戻す。

アットはそう考え、魔法を発動させる。

「——《ホワイト・フィールド》！」

（…………？）

だが、魔法を発動したその瞬間に、竜魔人の左手の様子に気づいた。

槍から左手を離した、予想の範囲内の動き。

しかし、その左手がとって
いる形が違う。

竜魔人は指を鳴らすのではなく、左の掌(てのひら)を大きく広げている。

そうして広げた左の掌を――竜魔人が握り込(こ)む。

その瞬間、――アットの体は内側から弾け飛んでいた。

「なん、だと……」

全身が砕(くだ)け散るほどの致命(ちめい)ダメージが、一瞬(いっしゅん)でアットのＨＰをゼロにする。

最期(さいご)に何が起きたのか分からぬまま、アットは敗北する。

理解できたのは、ただ一つ。

両手で槍を使って見せた時点で、何らかの罠を張っていたのだろうということ。

それを証明するように……勝利した敵は微笑んでいた。

〈トーナメント〉：三日目。

賞品対象：名称不明（推定：アンデッド）。
能力特性：ポルターガイスト、呪怨系状態異常。
優勝者：【亡八（ロストハート）】ルーク・ホームズ。

幕間 〈トーナメント〉四日目

□【呪術師(ソーサラー)】レイ・スターリング

昨日、三日目のトーナメントはルークが見事に優勝した。

賞品である〈UBM〉にはルークが準備を整えた後にソロで挑むらしく、何やら本人に思うところがある様子だった。その準備で今日も一人で奔走(ほんそう)している。

決意は固いようなので、仲間としてはルークの挑戦が上手(うま)くいくことを祈(いの)る。

それはそれとして、大穴だったルークのお陰で払戻金(はらいもどしきん)が相当な額になったので、せめてもの気持ちで【ブローチ】や【快癒万能霊薬(エリクシル)】、【高位霊水(れいすい)】はダース単位で送っておいた。

〈UBM〉戦で役立てばいいけれど……。

さて、今日はイオが出場する四日目だった。

彼女(かのじょ)は物理攻撃力(こうげきりょく)に特化しているため、格上相手にも決まれば大ダメージを叩(たた)き込める。

はずだったのだが……。

「粉砕断砕爆砕……砕け散ったのはアタシでした……」

いま、彼女はレストランのテーブルに突っ伏していた。

「おつかれさま。ちょっと組み合わせが悪かったみたいだな」

「あんなのどうすればいいんですかよ……」

「ワンサイドゲームのショックで口調が変になってるわよ、イオ」

イオの相手は〈K&R〉メンバーのファラ、武器による攻撃を弾くバリア使いだった。

三回戦で彼女と当たったイオはゴリンの攻撃を全てバリアに遮断されてしまい、バリアの内側から矢を射かけてくる彼女に手も足も出なかった。

武器を使わない素手なら突破できるが、そうなるとレベルや戦闘経験の差がものを言う。

天地出身の猛者に武器を使わずに勝つのは難しかっただろう。

そうして、完封されたイオがいつになく凹んでしまったので、俺やふじのん達で慰め会を開いている。

「ふふふ、クランの連続優勝記録ストップじゃよ……。アタシは〈デスピリ〉最弱の女……面汚しですたい……」

「そ、そんなことないよイオちゃん……」

「というか何弁なの？」

……うん。昨日、ルークの祝勝会したときとイオのテンションの落差がすごい。

あとその自虐は二回戦敗退の俺にも刺さるから……。

「それに今回は相性差でしょう。まぁ、それでも前に観戦したときはここまでとは思いませんでしたが……」

霞とふじのんが背中を撫でつつ慰めている。

だが、ふと気になった言葉があった。

「前って？」

「以前、私達三人で闘技場のイベントに参加したんです。そのときは一回戦でジュリエットさん達のチームに完膚なきまでに負けたのですが……」

そういえば聞いたことあるな。水着着用の水上戦イベントだっけ？

「そのイベントの決勝でジュリエットさんのチームと戦った〈Ｋ＆Ｒ〉チームに、今回イオが負けたファラさんもいましたので……」

「なるほどな」

舞台で対面した時点で相手の手の内は分かっていても、対処法はなかった訳だ。

「同じ〈Ｋ＆Ｒ〉のバリア使いでも魔法防御の方と当たってればぁ……」

そんなのもいるのか。Ｋ＆Ｒは流石に層が厚いな。

「ともあれ、〈デス・ピリオド〉の四日目の挑戦も終わりましたね」

「ああ。明日と明後日は誰も出場しないから、次は七日目に挑戦するマリーだな」

全一〇日間の〈トーナメント〉。俺達にとっては前半日程が終わったことになる。

「まぁ、俺は大学があるからあいつの試合を観に来られないけど」

「私達も学校ですね」

七日目の試合時間、日本時間じゃ月曜の昼間だ。真面目な学生は観戦できない。

……賭けはどうするかな。本戦出場者決まった時点で兄にメールしてもらって、代わりに買っといてもらうか。

「残りの日程、うちで優勝できそうなのは先生とフィガロさんくらいでしょうか？」

「うん、レイさんのお兄さんもハンニャさんも出てないもんね……」

「んー、フィガロさんはともかくマリーは無理じゃないか？」

「「え？」」

マリーの強さは俺もよく知っている。なにせデスペナさせられたこともあるくらいだ。

でもマリーの強さってさ……。

「……ふんぬ！」

と、そのタイミングでイオが顔を上げた。

「負けた悔しさは忘れません！　いつかはバリアもぶち抜いて勝てるようになります！」

どうやら気を取り直したらしい。いつもの語気に戻っている。

「ああ、頑張れよ。とりあえずここの食費は俺が出すから、好きに食べてくれ」

「ゴチになります！」

「い、いいんですか……？」

霞が心配そうに聞いてくるが、問題ない。

「最近は〈トーナメント〉で懐が温かいしな。何より……」

俺は視線をチラリと横に向ける。

「モグモグモグモグガブガブゴクゴク」

そこには自身の体積の何倍もの食事を摂っている黒いのがいた。

そう言うまでもなく、さっきから話に加わりもせず飯を食い続けていた相棒だ。

「ネメシスの食費に比べれば誤差だ」

「あはは……」

うちの相棒は成長するにつれて、段々と摩訶不思議な食事量になっている。

上級になりたてでこれなら、将来的にどうなってしまうのか。
……もっとお金稼（かせ）いどかないと後が怖（こわ）いかもしれん。
とりあえず、後で今日のトーナメントの分も賭けておこう。
多分、今日はジュリエットが勝つ。

〈トーナメント〉六日目／半身を失いしモノ

□■決闘(けっとう)都市ギデオン・中央大闘技場(とうぎじょう)

〈トーナメント〉：六日目。
賞品対象：名称(めいしょう)不明（推定：ドラゴン（龍(りゅう)））
能力特性：竜巻(たつまき)・雷光(らいこう)・爆炎(ばくえん)の発生（珠の段階では制御(せいぎょ)不可）

三日目までの〈トーナメント〉を〈デス・ピリオド〉が制した後、四日目は【堕天騎士(ナイト・オブ・フォールダウン)】ジュリエットが勝利し、賞品の〈ＵＢＭ〉も撃破(げきは)した。

そして五日目は、事前資料により公表されていた『致死攻撃(ちしこうげき)無効化&無効化からの一定時間身体強化』という能力特性から、〈ＵＢＭ〉より得られる特典武具の性能が有望視されて多くの猛者が集まった。

しかし、この五日目には〈超級〉の扶桑月夜が参戦していた。

やはり〈超級〉の壁は厚く、人気の五日目は彼女が優勝したのであった。

全一〇日間実施される〈トーナメント〉も昨日の時点で半分が終了し、今日は後半戦の皮切りとなる六日目が開催された。

六日目の展開は……一言で言えば『順当』だった。

その理由は決闘二位、【抜刀神】カシミヤの参戦。

人気の五日目ではなく、なぜか『炎や雷を発生させる』……特殊性の薄い天属性魔法効果の珠が賞品の六日目に、王国屈指の実力者が参戦していたのである。

地味な効果のこの日ならば猛者も狙わないと考えていた者達は、完全に読みを外した。

結果、対戦者を悉く一刀の下に切り捨てたカシミヤが『順当』に決勝戦へと進出した。

そしてカシミヤに賭けた者も含め、多くの者が彼の優勝を確信しながら決勝戦の始まるときを待っていた。

「〈マスター〉はティアンの超級職よりも技術面で劣る者が多いと思っていましたが、例外もいるんですねー」

会場にはそんな観客に紛れ、人間ではない者がいた。

それはカルディナでクリス・フラグメントを名乗って活動していた技術者であり、その正体は量産型煌玉人【水晶之調律者】と呼ばれる存在である。

先の豪華客船エルトラーム号での事件の後、王国にいるインテグラの補佐をするため、彼女は姉妹機と別れて王国に来ていた。

現在は、宮廷魔術師の仕事で中々王都を離れられないインテグラに代わり、今後の活動のための情報収集を担っている。

しかし、今のところはこれと言って特筆すべき情報はない。

（王国側についた〈マスター〉の戦力評価。今後の状況をコントロールするためにも不可欠ですからね。皇国側は招聘されて潜り込んだスプレンディダが探るでしょうし、他にも伝手はあります。しかし、王国は私が直接調べるのが確実です）

自身の取引相手であり、様々な情報を売ってくる〈超級〉を思い出す。

あの事件の後に徒歩で皇国に向かったそうだが、そろそろ着いている頃だろう。

「ん……」

決勝戦の犠牲者を決める準決勝第二試合を観戦しつつ、クリスは濃縮したMP回復ポーションを服用する。

煌玉人の量産に成功した【水晶之調律者】であるが、先に作られた五体と比較して明確に劣る点がある。

それは、コアの品質による魔力不足だ。

彼女達以前の量産型煌玉人……とも呼べぬ劣化品である【煌玉兵】のような機体の大型化や生物のパーツ化といった不格好な仕様ではないが、それでも問題は抱えている。

彼女達のコアは魔力の自給率がオリジナルより低く、生体部品が定期的にポーションを摂取しなければ兵装を十全に使えないのである。

これればかりは必要素材自体の入手が難しく、フラグマンもクリアできなかった。

しかし、それ以外は劣る点はないと彼女達自身は考えている。

（さて、いよいよ決勝ですか）

カシミヤの対戦相手が決まり、六日目の〈トーナメント〉もじきに終わる。

彼女は二〇〇〇年近く活動し、多くの猛者を見てきた。

そんな彼女の目から見ても、カシミヤは明らかに格が違う。

ゆえに、彼は即座に優勝を決めるだろうとクリスも確信していた。

まるでフラグのような優勝予想だったが、それが覆されることはなかった。

決勝戦では、秒殺とすら言えない短時間でカシミヤの優勝が決まったのである。

表彰の後は、安全のために観客を除いた上で珠への挑戦が始まる。

「さて……と」

今日のクリスの仕事はここからが本番だった。

今日の賞品が自身の予想通りか否か。

予想通りであれば……計画に大幅な練り直しが必要になる。

(戦力的な問題だけでなく、黄河が隠蔽したい歴史の証人。まさか他国に提供するとは思えませんが、左半分の扱いを見ていると本当に失伝している恐れもありますしね)

クリスが考え事をしている間に、表彰式が終わった。

観客が会場を後にするのに合わせて、彼女も席を立つ。

(鬼が出るか蛇が出るか。……まぁ、予想通りなら龍ですけれど)

自身の代わりに豆粒サイズの小型ドローンを残す。

この〈トーナメント〉より前には、同種のドローンを王国各地に配置して回っていた。

(欲しい情報が手に入るといいのですけれど)

◇◆

観客が去った後の中央大闘技場の舞台に、カシミヤが立っていた。

自身の扱う幾本もの刀剣（とうけん）の確認（かくにん）を行いながら、挑戦の時を待っている。

彼の周りには〈K&R（カアル）〉のメンバーが五人。希望者を募（つの）ってパーティを組んだ形だ。

なお、六日目の〈トーナメント〉の裏では、五枠しかないパーティメンバーの座を賭けて激しい争いがあったことをカシミヤは知る由もない。

言うまでもないが狙いは特典ではなく、カシミヤとパーティを組むことである。

「ダーリン。何でこいつを選んだんだい？」

当然のようにパーティメンバーの一人に入っている狼桜（ローザ）が、カシミヤに尋（たず）ねる。

彼女にはビースリーに負けた二日目の鬱憤（うっぷん）晴らし、カシミヤが戦う手伝い、やり損（そこ）ねた〈UBM〉との戦闘など、参加する理由は幾つもあった。

だが、カシミヤがこの珠を求める理由だけはさっぱり分からない。

それに対するカシミヤの答えは……。

「勘（かん）です」

非常にシンプルで、あってないような理由だった。

「勘？」

「はい。何となくですが今日の〈UBM〉が一番強い気がしました」

「…………」

ランクが明らかな珠の中では、神話級が最終日に控えている。

だが、カシミヤの勘は神話級ではなく……今日を選んだ。

「それに、この子も今回は場合によっては抜けてくれるらしいですし」

そう言って、カシミヤは腰に差した赤鞘の大太刀を撫でる。

その大太刀が如何なるものであるのかは、狼桜でさえ知らない。

天地にいた頃には持っていなかったものであり、カシミヤが出奔し、王国で再会するまでの間に手に入れていたものだ。

特典武具だろうとは思うのだが、《鑑定眼》の類は弾かれる。

だが、これがカシミヤの切り札の一つであることは間違いない。

『結界の準備、整いました』

闘技場の結界を扱う職員が、調整を終えて報告する。

闘技場の舞台を覆う結界から、決闘終了時に状態を戻す設定をカット。

内部から外部への脱出のみを封じる設定で、強度に特化した調整をしている。

さらに、結界の外には緊急時のためにシュウとハンニャ……〈超級〉の姿もある。

もしも結界を破って街で暴れようとする〈UBM〉が出た場合は、彼らも討伐に尽力することになる。また、今は姿が見えないが控室では二番手以降の挑戦者も控えている。

何かあった場合は形式を崩してでも、街に被害が出る前に潰す算段だ。

もっとも、結界のお陰でこれまでの挑戦では一度も〈UBM〉の逃亡はなかったが。


次いで、舞台の中央に台座に載った珠が運ばれてくる。

六日目の賞品であった、名称不明の〈UBM〉の珠だ。

『カウントダウンの後、遠隔起爆装置で珠を破壊します。一〇、九……』

その言葉に、カシミヤ達が構えをとる。

既に支援職によるバフはかけられており、カシミヤも抜刀体勢に入っている。

狼桜もSTRとAGIに特化した髑髏で必殺スキルを使い、姿を隠して【伏姫】の奥義である《天下一殺》の使用体勢に入っている。

速攻型の準〈超級〉が二人。ともすれば解放の瞬間に決着がつくだろう。

『三、二、一、……点火！』

珠を載せていた台座が吹き飛び、珠が砕け散る。

その瞬間には、カシミヤと狼桜は動き出していた。

「……！」

抜刀体勢に入り、《神域抜刀》によって数値にして五〇万にまで増大したＡＧＩ。

だからこそ、珠が砕けた瞬間の一瞬で……現れたモノを視認する時間があった。


現れた〈ＵＢＭ〉は、事前情報で推定されていたドラゴンには見えなかった。

体は漆黒の鱗で覆われているが、形は人のものだ。

それも……右半身だけの男である。

それの頭上には――【蒼■■返　ヘイロン・■■■■■】という銘が浮かんでいた。

ソレは〈ＵＢＭ〉として、あまりにも不可解な銘を背負っていた。

体も名も、どこかに半分を置いてきてしまったかのような……。

だが、曲がりなりにも人型であれば、カシミヤにとっては龍よりも斬りやすい。

このまま接近して首を斬るのが、カシミヤの常道である。

「――」

だが、カシミヤは抜刀を止めた。

〈UBM〉の異常な容姿ではなく自身の直感によって抜刀を中断し、接近を止めた。

しかし、狼桜は止まらない。

「――《天下一殺》!!」

既に奇襲状態から奥義を発動していた彼女は、背後から〈UBM〉へと飛び込んでいる。

必殺スキルと奥義の重ね合わせ。与えられるダメージ量は膨大であり、並大抵の〈UBM〉ならばその一撃で勝負がつきかねない。

そして、珠から現れた〈UBM〉は出現したばかりで状況がつかめていないのか、狼桜に気づく様子も振り返る様子もない。そのまま一瞬で勝負が決まるだろう。

そして、実際に……勝負は一瞬だった。


――背後から迫っていた狼桜が蒼い雷光によって塵になった。


『……マジかよ』

結界の外から攻防を目撃していたシュウは、驚愕から声を漏らした。

雷光は、〈UBM〉によるカウンターだ。

無反応かと思われたまま、振り返りもせずに狼桜を迎撃した。

だが、シュウの驚きはそこではなく、迎撃された後。

試合でも使った特典武具と決闘では使えない【ブローチ】、二重の致命回避手段を持つ彼女が本当に塵になっているという一点。

つまりは、迎撃が一度ではなかったのだ。

狼桜への迎撃、順を追って説明すれば次の通りだ。

狼桜が雷光に打たれるも、【ブローチ】を破損させながらも生き延びて奥義を止めずに攻撃を仕掛ける。

対して、〈UBM〉は即座に二度目の雷光を放つ。

それも狼桜は身代わりの特典武具で生き延び、さらに自身を瞬間移動させた。

だが、その移動先すらも一瞬で捉え、三度目の雷光で狼桜を塵に変えたのである。

二重の致命回避手段を持つ狼桜であろうと、『一撃で殺す威力』と『殺し尽くす連撃性能』を持つ蒼い雷光には対処のしようがなかった。

回避不能の雷速で放たれ、近づいた瞬間に死亡が確定する。

（【蒼】と【返】。名前で見えている部分は……そういうことか）

シュウは、今の攻防で相手の能力について察した。

舞台上の〈UBM〉は間違いなく、狼桜に気づいていなかった。

状況が分からず混乱していたと言ってもいい。

そんな状態でも、近づいた狼桜に対してスキルを発動していた。

(全自動カウンター、、、、)

蒼い雷光は任意で放たれたものではなく、オートで放たれて狼桜を打ち据えたのだ。

一撃ではなく死ぬまで繰り返したということは、自身から一定の距離に敵性対象が入っている限りは発動し続けるのだろう。

(回避が難しい雷撃。少なくとも近接攻撃オンリーの前衛じゃ難しい……条件特化型か？

だがあの威力からするとランク自体も神話級の域か？)

シュウは結界の外で構えながら、〈UBM〉の戦力を分析する。

人型ではあるが、カシミヤではあまりに相性が悪い手合い、……だが。

(……ま、バケモノって言うならあいつも大概だがな)

彼が先の雷光で驚いたのは、〈UBM〉に対してだけではない。

狼桜を瞬殺した〈UBM〉に対し、〈K&R〉のメンバーは警戒を強めていた。

あるいは、怯えていると言い換えてしまってもいい。

「…………」


その中でカシミヤだけは冷静で、動じる様子がない。

手にしていた大太刀を、いつの間にか赤鞘に持ち替えている。

珠が壊れて〈ＵＢＭ〉が解放された時点で、他の大太刀では……神話級金属の逸品ですら及ばないと察したからだ。


そして、彼の手の中で――赤鞘の大太刀は既に抜刀されている。


戦うべき相手を選ぶという大太刀。

それが今は、その刀身の全てを曝け出していた。

そして、刃はただ抜かれたのではない。

既に斬っている。

血に濡れておらず、脂も付着していない刃が……何を斬ったのか。

――雷である。

狼桜への自動迎撃と同時に、カシミヤにも雷撃は放たれていた。

それは〈ＵＢＭ〉の本能が脅威と見做した相手へと放った任意攻撃の雷撃。

威力だけで言えば、狼桜を粉砕した雷撃を上回る大出力。
それを――カシミヤは赤鞘の大太刀で斬った。
雷切……雷神を刀で切る伝承が地球には複数見られる。
されど、今起きたことは伝承ではなく、リアルタイム。
人間を容易に塵にできる出力の雷撃を、刀の一閃で無為とした。
そんなことが可能なのか、……可能である。
カシミヤの神域に至った抜刀技術と、赤鞘の大太刀ならば。
――かの〈ＳＵＢＭ〉が欠片の一つ、【試製滅丸星刀】ならば。

「…………」
カシミヤは抜刀した大太刀を、鞘に戻す。
それから指に少しだけ力を入れて、再度鯉口が切れるかを試す。
すると、然程の抵抗もなく赤鞘の大太刀は刀身を覗かせた。
自意識を持つ気まぐれな大太刀が……今日は随分と従順だ。
つまりは、この刃もまた相手を斬るに足ると認めているのだろう。

カシミヤは抜刀体勢を維持したまま、〈UBM〉を斬る瞬間を見定めんとしていた。

『…………』

しかしその前に……視線の先にいる〈UBM〉に僅かな異常が見られた。

『…………ぁ』

右半身だけの〈UBM〉は――己の左半身に右手を伸ばした。

しかし見て分かる通り、そこに何もないがゆえに右手は空を切る。

『あ、る、めー……ら……』

周囲を見回し、名前を呼んで半身を捜すが……無論ここにその半身がある訳はなかった。

ここには、右半身だけの異形の〈UBM〉……【ヘイロン】しかいない。

その事実を、実感と共に【ヘイロン】は確認する。

『……ここは、何処だ……』

事実を確認すると共に、徐々に【ヘイロン】の意識の焦点が合っていく。

その変化に気づいて、カシミヤが表情を僅かに歪める。

「……しくじりました」

カシミヤは『斬れなくなった』と理解する。

相手がヒトの言葉を発したからではない。そんな理由で彼の刃は鈍らない。

ただ単純に……相手が強まったからだ。

意識が朦朧としていたときと意識の焦点が合った今では、気配の質がまるで異なる。

ここまでまだ見せていない、余程に恐るべき力があるのだとすぐに察した。

脳裏に描いたのは、敵手の攻撃が自身を射貫く光景。

未だ見ぬ敵の切り札を、【試製星刀】であれば切り払える可能性はある。

だが、それでは相手の首が斬れない。

相討ち覚悟で迎撃よりも首を断つことを優先するか？

〈マスター〉であるならば、死んだところで帰還する。その仮初の死で命が一つしかないモンスターやティアンを殺せたならば勝利ではある。

（……それも嫌ですね）

だが、彼はそうした勝ち方を……自身の刃と抜刀術以外の利点による勝利を望まない。

斬るならば、勝つならば、殺すならば、手段を選ぶ。

真っ向から斬り抜いて、勝って、殺す。

カシミヤは……抜刀術の修羅はそう考えた。

対して、【ヘイロン】もまた理解する。

これは自分を斬れる、と。

カシミヤの手にした赤鞘の大太刀は、尋常な刃であればどうにもならない己の首を落とせるのだと察していた。

それが実現できるだけの力が大太刀にあり、実現できるだけの技がカシミヤにある。

実際には、刃はまだ彼の身に触れてすらいない。

だが、一瞬後には自身の首が飛んでも不思議はないと、【ヘイロン】は確信した。

互いの手の内は明かされておらずとも、既に互いが相手の必殺を読んでいる。

神域の技巧の持ち主同士は、それを理解した。

だからこそ、【ヘイロン】はカシミヤと戦う道を選ばなかった。

『お前達に……用は……ない……』

言葉と共に、【ヘイロン】の体が光に包まれる。

そのまま掌を広げ……右腕を頭上に掲げる。

瞬間、——純白の熱線が【ヘイロン】の右手から放たれた。

かつて迅羽が放った《真火真灯爆龍覇》を思わせると同時に、遥かに凌駕した熱量の輝きだった。

それはカシミヤにとっても、シュウにとっても未知の輝き。

あるいは、この場に他の決闘ランカー……フィガロやライザーがいれば一つの名を連想しただろう。

――【三極竜　グローリア】。

フィガロの持つ【グローリアα】から放たれるものではなく、オリジナルの《終極》に匹敵する熱線。シュウが相対する前に倒された一本角の力。

そう評するに足る威力を有していた光を相手に、強度特化に設定された闘技場の結界は一秒にも満たない時間を持ち堪えて……すぐに破れた。

真上ではなく横薙ぎに放たれていれば、それだけでギデオンは壊滅していただろう熱線は、空に光の柱を立てる。

結界の崩壊という異常事態に、各人が動く。

シュウは神衣に切り替え、ハンニャはサンダルフォンを呼んだ。

ギデオンが崩壊するほどの戦いが始まるかもしれないと、見ていた者達は恐怖した。

だが、そうはならなかった。

数秒を経て光の柱が消えた後、……【ヘイロン】の姿がそこにはなかったからだ。

頭上の結界を破り、一瞬(いっしゅん)で風のように飛び去ったであろうことは明白だった。

六日目の賞品であった珠の〈ＵＢＭ〉は――ギデオンから逃げ去ったのである。

その後、闘技場は騒然(そうぜん)となった。これまで一体の〈ＵＢＭ〉も逃がさなかった結界が意味をなさず、逃げられたのだから当然だ。

逃げ去った【ヘイロン】の捜索(そうさく)や明日以降の〈トーナメント〉における対策の必要など、多くの問題・課題が発生したと言える。

しかし、これが読み合いの果ての最善の選択(せんたく)、そして最良の結果であると理解できたのは当人達と……警備に参加していたシュウだけだろう。

光を逃走(とうそう)に使って逃げおおせるか。

光を攻撃に使ってギデオンを滅(めっ)し、――代わりにカシミヤに首を落とされるか。

あの光の柱はそうした選択の結果だったのだ。

カシミヤでなくとも、ギデオンにいる戦力であれば【ヘイロン】を殺しきることは可能。

ゆえに、【ヘイロン】は逃走を選択した。

その選択はギデオンの人間にとって僥倖だった。

結果として逃げられはしたものの、【グローリア】級の攻撃力を持つ〈UBM〉に対してギデオンが無事で済んだのだから。

残る問題は飛び去った【ヘイロン】がどこへ消えたか。

だが……それは誰にも分からなかった。

なぜなら、咄嗟に逃げた【ヘイロン】自身にも……どこへ行くべきかなど分からない。

そう――飛翔の先に何が待つのかも知らないのだから。

□■〈ノヴェスト峡谷〉跡地

そこは、かつて〈ノヴェスト渓谷〉と呼ばれていた地だった。

かつての【グローリア】と三巨頭の戦闘で生態系が完全に破壊され、シュウとゼクスの死闘で地形さえも消え去った。

もはや何もなく……莫大なエネルギーが吹き荒れた跡地でしかない場所だ。

そんな場所に一体の〈ＵＢＭ〉が……【ヘイロン】が飛来した。

【ヘイロン】はギデオンから去ることのみを優先し、方向も定めずに飛び去っていた。

ゆえに、ここに来たのは偶然（ぐうぜん）と言える。

あるいは大きなエネルギーが氾濫（はんらん）した形跡（けいせき）のあるこの地ならば、無尽蔵（むじんぞう）にエネルギーを喰（く）らう自らの半身の手がかりもあるかもしれないと無意識にでも考えたのか。

しかし、【ヘイロン】の半身はこの地を訪（おとず）れてはいない。

完全な空振（からぶ）りであり、ここにはもはや何もない。

——否。

『…………？』

風景の中、紛（まぎ）れ込（こ）むように何者かがいた。

襤褸（ぼろ）布同然の装備を纏（まと）い、砂埃（すなぼこり）に身を浸（ひた）し、あるいは古びた案山子（かかし）にも見える。

だが、それは人間の男だった。

男は独り立ったまま微動（びどう）だにせず、なぜか斜（なな）め上を見上げている。

空を見ているのではない。

まるでかつてそこにあったものを……かつてここで討（う）ち果たされた巨大（きょだい）な魔竜（グローリア）の幻（まぼろし）を見上げているかのようだった。

『…………』

カシミヤや大太刀と相対したときとは違い、その男に威圧感は覚えなかった。

代わりに、【ヘイロン】の身に伝わったのは……不安感。

まるで底の見えない陥穽が口を開けているかのような危うさが感じられた。

「…………誰だ?」

言葉と共に、男が【ヘイロン】を振り向いた。

男の顔が露わになり、【ヘイロン】はその両目に真の陥穽を見た。

視線は【ヘイロン】を捉えているが、見てはいない。

映像を脳に送り込んでも、それに対して何も思考していない。

【ヘイロン】の異形も、身に蓄えた膨大な力も、まるで気にもしない。

何も感じていない男の……心の虚無が見えていた。

「……〈UBM〉か、ティアンにも見える。……どうでもいいが」

本当に、心からどうでもいいと見做されていた。

『……っ』

かつて【龍帝】によって封印される以前、あるいは〈UBM〉になる前から……

古龍人だった頃からそんな視線を向けられたことはない。

眼前の男は【ヘイロン】に対して正負どちらの価値も認めてはいない。
恐れて逃げることはせず、特典を求めて攻撃してくることもない。
目覚めてすぐに相対した者達のように、警戒を向けてくることさえない。
ただの風景の一部のように、【ヘイロン】を見ていた。
「……なぜ俺を見ている？　俺は、お前ほど特徴のある姿をしてはいないぞ。ハハ」
何がおかしいのか、男は少しだけ笑った。
白身を前にした男の僅かな反応の変化が、なぜか【ヘイロン】には恐ろしかった。
『――ッ！』
だからだろうか。
気づけば、【ヘイロン】は――右手から白い熱線を撃ち放っていた。
ギデオンの結界を容易く破ってみせた熱線。
かつてこの地を灼き、消滅させた《終極》にも匹敵する威力だ。
一人の人間に耐えられるものではなく、彼もまた影だけ残して消え去る定め。
「――ああ。嫌なものを思い出した」

ただしそれは、彼が無手であればの話。

何時の間にか、彼の手には一本の剣が握られている。

それこそは彼の半身――〈エンブリオ〉。

「――ネイリング」

その銘の〈エンブリオ〉に刻まれた特性は――『凌駕』。

自身を上回るモノこそを上回る……超越の権化。


『――《エンド・ブレイカー》』

剣が少女の声で呟くと共に男は剣を振り――莫大な熱量を持つ光線を両断した。

そう、《終極》に匹敵する威力の熱線を、両断したのだ。

あまつさえ、熱線の先にあった【ヘイロン】の肉体にまでも深い傷を刻む。

『が、あぁ……!?』

数百年ぶりの痛みを、【ヘイロン】は感じた。

人間となり、半身と共に〈ＵＢＭ〉となってから、痛みを感じたのは【龍帝】との戦いだけだ。

今は防御の要たる半身……【アルメーラ】がいない。

だとしても、己の攻撃を切り破って刃を浴びせるのは人間業ではない。

自らの抱いた恐怖が正しかったことを、傷の痛みと共に【ヘイロン】は知る。

この男に関わってはいけなかった。

これは、自分の命を脅かす陥穽だった。

「…………」

男はジッと自身の剣を見ている。

次いで、【ヘイロン】の熱線の痕跡を……両断された後、射線上の全てを融解させた痕跡を見ている。

【ヘイロン】の攻撃と自身の反撃、その両方に何か思うことがあるかのように。

「……まぁ、いい」

『……っ』

男は剣を片手に近づき始め、【ヘイロン】は後退る。

かつて〈イレギュラー〉と呼ばれたモノの半身を、男はただの一撃で殺しかけている。

半身がなく、長き封印で弱っていたとしても、恐るべきことだった。

現在放ちうる最大攻撃である熱線を容易く防がれた。

自動迎撃の雷光もどの程度通じるものか。

半身を残し、息絶える自身の姿を想像する。

それは、長きにわたる封印や殺される以上の恐怖だった。

『あるめーら……アルメーラアアアア!!』

いつしか、【ヘイロン】は半身の名を叫んでいた。

どこかにいる半身に、届くはずもない呼びかけをしていた。

「…………」

しかし、その呼びかけは男の足を止めた。

片手に剣を持ったまま、男は立ち止まって……問いかける。

「それは、女の名前か?」

その問いに、【ヘイロン】は困惑しながらも頷いた。

「お前の、愛する者か?」

次の問いには、すぐに頷く。悩むまでもなく、体が答えていた。

「……………そうか」

【ヘイロン】の反応を見た男は、暫し考えて……。

「──行け」

剣により、彼方の地平線を指した。

見逃してやると告げていた。

『…………』

【ヘイロン】は困惑したままだった。

だが、生きて半身に……【アルメーラ】に出会う望みを繋ぐため、男の指示に従った。

闘技場から逃げ去ったように、空へと飛翔する。

そうして、どこかへと飛び去って行く。

半身を捜すために。

あの恐ろしい虚無の目をした男と、二度と遭わないために。

【ヘイロン】が飛び去って行く様を、男は見送っていた。

そうしていると剣が彼の手から離れた。

剣は光の粒子に変わった後、赤いポニーテールをした十代後半ほどの少女の姿になった。

「団長……」

「もう団長じゃない」

自身の〈エンブリオ〉である少女……ネイリングの言葉を、男は否定する。

「あいつ、〈ＵＢＭ〉だけど……放っておいていいの？」

かつての彼なら、討伐していただろう。

特典武具を得るためだけではない。言葉よりも先に熱線を放つような危険な……ティアンの人々に被害を及ぼすかもしれない〈ＵＢＭ〉を排(はい)するために戦っただろう。

だが、彼はあえて見逃した。

かつての彼ならば、そうはしなかっただろう。

「特典武具も、悲劇も、今の俺にはもうどうでもいいことだ」

だが、かつての自分ではないと……彼自身が告げた。

ネイリングも、それは理解できる。

今の〈マスター〉は、かつての〈マスター〉とは心の形が違うのだ、と。

そして、それゆえに今の自分も……かつてとは違う。

今のネイリングは――〈超級エンブリオ〉なのだから。

〈超級エンブリオ〉への進化には不明な点が多く、進化条件は分からないとされている。

それこそ、管理ＡＩ……〈無限エンブリオ〉さえも完全には把握していない。

共通項があるようで、ないからだ。

しかしそれに対して共通項が分からないのではなく、〈エンブリオ〉によってトリガーが違うのではないかという仮説がある。

戦闘活動を始めとするリソースの吸収を除けば、〈マスター〉自身の何らかの精神活動をトリガーとして進化する、ということだ。

その精神活動が何であるかは、個々の〈エンブリオ〉で異なる。

死闘の果てに至るものもいれば、怠けていたいから至るものもいる。

虚栄心が満たされて至るものもいれば、自己否定によって至るものもいる。

確定ではないが、そうだとすれば進化の差異にも納得がいく、という話だ。

だからこそ、その仮説が正しいと考える管理ＡＩは、〈ＳＵＢＭ〉をはじめとする災厄を巻き起こす。

災厄の中では、正負様々な感情の動きがあると知っているからだ。

守るために、あるいは……失ったがために。

そして、ネイリングの『トリガー』は、絶望だった。

何もかもを失くした〈マスター〉の絶望ゆえに、最後の壁を越えた。
今日、久方ぶりにログインした途端……〈超級エンブリオ〉への進化が始まったのだ。
その力の一端は……既に示されたとおりだ。
この力があれば、【グローリア】の《終極》さえも切り裂いてみせただろう。
かつてクレーミルを襲った災厄を、今の彼が振るう刃ならば撥ね退けられる。
守りたかったものを守れる力を、彼は手に入れたのだ。

——もはや守るべき……愛する人が亡くなった後で。

ネイリングの〈マスター〉にとって、自身が〈超級〉に至ったことには意味がない。
価値を見出すことも、進化を喜ぶこともない。
「団……マスター、これからどうするの？」

クレーミルのセーブポイントがなくなっていたために、彼は王都にログインしていた。

それから、かつて友と競い合ったギデオンではなく、自身から全てを奪ったものが死んだ地へ、と足を運んだ。

「……クレーミルの跡地に行く。あいつに花を供えて……それで終わりだ」

もはや何も無くなった街で、亡き妻に花を手向ける。

ようやくそれができる程度に気力が戻った彼が、ログインしたのは……そのためだけだ。

これが最後のログインだと考えている。

「…………」

ネイリングは、それを否定しない。

久方ぶりに会えた〈マスター〉を、ネイリングが引き留めることはできない。

彼の心が折れた原因は力が足りなかった……力が間に合わなかった自分のせいだと思っているから。

そうしてネイリングと彼女の〈マスター〉――【剣王】フォルテスラはそれ以上に言葉を交わさず、〈峡谷〉の跡地を立ち去った。

『――見つけた。〝化身〟の敵対者たりえる〈超級〉』

――その後ろ姿を、豆粒ほどに小さなドローンが視ているとも知らずに。

幕間　ランチタイム

□椋鳥玲二

月曜日のお昼時。俺は大学の中央食堂で同期の友人である夏目高音や春日井竜と一緒に昼食をとっていた。

モヒカン&サングラスの春日井とワンポイントフェイスペイントの夏目は非常に目立ち、食堂のあちこちから視線を感じる。「一体どういう集まりなんだ」というところか。

話している内容は講義内容やデンドロのことばかりだが。

「椋鳥よぉ、なんか王国ですげえギャンブルしてるって聞いたがマジか？」

「ギャンブルというか決闘イベントだな。内部時間で一〇日間連続開催の」

「すっげ。燃えるイベントじゃねーの」

「派手だね～……。彼女もそういうイベントに向かってくれればいいのに……」

春日井は目を輝かせているが、夏目はなんだか疲れた顔だ。

「夏目もデンドロで何かあったのか？」

「……修羅と強制鬼ごっこイベントって感じ？」

何それホラー？

「天地ではそんなイベントがあるのか？」

「まぁ普段から修羅の国だけんどよ」

「まぁ、お気になさらず～。……場合によっては今度相談に乗ってもらうわ」

「応」

「了解だべ」

天地のことだし、俺は関われないかもしれないけど。

……〈アニバーサリー〉みたいなイベントが頻繁にあれば同期とも会いやすいんだが。

「んだば話戻すけど、王国は何で連日決闘イベント開いてるのけ？」

「ああ、それは……」

春日井の質問に、王国皇国の現状と戦力補充やテロ抑止の必要性について説明する。

「へー。言われてみれば天地の大名も似たようなことは前にしてたらしいべ」

「そうなのか？」

「あー。〈マスター〉の実力が認知されたあたりで各大名が腕自慢集めてたんだっけ？」

「そうそう。御前試合もバンバン開催されたらしくってなぁ。勝ち抜いた猛者を好条件で雇い入れる、今の四大大名家でポジション持ってる連中は大体それだべ」

天地は戦国のイメージだったけどその辺は江戸時代っぽいな。

……あれ？

「でも、たしか天地ってそんなに闘技場多くないんじゃなかったか？」

迅羽から聞いた話だ。闘技場の数は王国のギデオンが飛び抜けて多くて、他の国は多くても三つとか聞いたような……。

「各大名が自領で御前試合しようにもする場所がないんじゃないか？」

必然、闘技場を領内に持っていない大名が多いだろうし、他の大名が力を増すための御前試合に貸すとも思えない。そんな疑問に対して二人は……。

「「なしでやる」」

「え？」

二人の声がハモっていたが、俺は理解できずに聞き返してしまう。

「闘技場の結界なしで殺し合うんさ」

「……ああ、まぁ、〈マスター〉ならデスペナしても三日で復活するしな」

乱暴だが、闘技場が用意できないなら苦肉の策として……。

「ティアンもだけど？」

「ていうか御前試合自体が〈マスター〉増える前からの文化だべ」

「修羅の国すぎる……」

思ったより遥かに命が軽い……。

しかしカシミヤや狼桜（ローザ）の出身国で、【阿修羅王（重兵衛）】が属していると考えると違和感（いわかん）がなくなってしまうのが困る。天地の修羅勢はやばい。

……比較（ひかく）するとジュリエット達と仲良いマックスは天地勢の割には理性的だよな。ツッコミ役としてのシンパシー感じるし。

「どこの権力者も戦力確保に熱心ってことだべ」

「王国でも天地でもねー」

「まぁ……確かにな」

王国と天地の違いは『闘技場が潤沢（じゅんたく）にあるお陰（かげ）で命を失わずにやれているから』、というならば反論も難しい。気風を生む環境（かんきょう）の一つではあるだろうから。

「それに戦力補充っていうなら、椋鳥の王国が戦う皇国だって何かしてるんでねーか？」

春日井の言葉に、少し考える。

それは十二分にあり得る。むしろそうしない方がおかしいからだ。

講和会議前の時点でも、皇国は【盗賊王（キング・オブ・バンディッド）】や【車騎王（キング・オブ・チャリオッツ）】という戦力を増やしていた。

ならば、次の戦争が見えている今は更（さら）なる〈超級〉を増やしていても不思議ではない。

それに……気になることもある。

『俺は生まれ変わり、あの日とは別物と言っていいほどにパワーアップしたのだ！』

それは講和会議の直前、俺に対して一人の〈超級〉が発した言葉。

【魔将軍（ヘル・ジェネラル）】ローガン・ゴッドハルト。かつて俺が相対し、倒した男。

自身の強化を誇（ほこ）った彼は、結局講和会議の場ではそのパワーアップがどんなものか見せることなく、扶桑先輩（ふそうせんぱい）の《絶死結界》コンボで即死（そくし）した。

だが逆を言えば……。

「……あいつ、結局どういうパワーアップをしたんだ？」

奴（やつ）が得たという力の詳細（しょうさい）を……どのように厄介（やっかい）なものかを俺達（おれたち）は知らないのだった。

エピソードⅢ　ゼタ先生の解説講座・ジョブビルド編

■皇都ヴァンデルヘイム・貴族街

皇都の中心部、国家の象徴たる先々期文明の要塞【エンペルスタンド】の周囲には貴族の邸宅が立ち並ぶエリアがある。

とはいえ、近年は貴族以外の住人……〈マスター〉も多い。

理由としては先の内戦で皇国の貴族自体が減り、土地も屋敷も空いたからだ。

少数派弱小勢力だったはずの現皇王ラインハルトが勝った結果である。

そんな事情から、皇国では懐柔策の一つとして〈超級〉をはじめとした有力な〈マスター〉にはこれらの邸宅が与えられていた。

先の戦争における『皇国の報酬の豪華さ』を示す一例であろう。

そうして邸宅を与えられた一人が〈超級〉……ローガン・ゴッドハルトである。

彼は自身の虚栄心を満たす豪華な邸宅や使用人を喜んだ。ある意味では、最も懐柔策が上手くいった実力者と言える。

しかし現在、彼の屋敷の雰囲気は様変わりしていた。

かつては貴族の邸宅然とした美麗な屋敷は、謎の改造を施された。

屋敷の変化は、見た目だけではない。

彼の自室からはボコボコと何かが煮えたぎる音が昼夜問わず聞こえ、ドアを隔ててすら血の臭いが漂ってくるのだ。

極めつけは、『足りない……足りないよぉ……』という悲しげな声が響いてくるのだ。

このホラー染みた屋敷の異常を察した使用人達は半数以上が辞職した。

ホラーの餌食になる前に逃げたのである。

ローガン・ゴッドハルトに何があったのか。

それは暫し時を遡り……彼がゼタと契約を交わした直後のこと。

■二〇四五年四月　上旬(じょうじゅん)

ローガンは皇国の〈超級〉の一人であり、かつては決闘一位でもあった。

だが、その名も既(すで)に地に落ちている。

第一の躓(つまず)きは、カルチェラタンにおける敗北。

【奏楽王(キング・オブ・オルケストラ)】ベルドルベル、〝不屈(アンブレイカブル)〟のレイ・スターリングの両者との連戦によって敗れた。

しかし、その後に流布(るふ)された映像により、あたかもルーキーであるレイ・スターリング一人に敗北したかのように思われ、『〈超級〉でありながらルーキーに負けた男』と嘲笑(あざわら)われた。

レイに敗れたのはフランクリンも同様だが、あちらは元から戦闘職ではないし、戦力であるモンスターの大半は【破壊王(キング・オブ・デストロイ)】によって倒されたことが周知されている。

そのため、余計にローガンの敗北が目立った。

しかも件(くだん)のフランクリン相手にさえも、ローガンは敗れている。

第二の躓きは、決闘王者の失冠(しっかん)。

【盗賊王(キング・オブ・バンディッド)】ゼタとの決闘に敗れ、決闘一位の座を明(あ)け渡(わた)すことになった。

拠り所としていた地位までも失ったのである。

そのことに彼は心折れ、〈Infinite Dendrogram〉を引退しようかとさえ考えていたのだが……それを引き留めたのは彼を破ったゼタだった。

ゼタは彼を所属クランである〈ＩＦ〉に誘い、対価として彼を強くすることを約束した。

◆

ローガンの私室で、全身を包帯に包んだゼタがホワイトボードの前に立っていた。

なお、ホワイトボードはゼタの持ち込みである。

「自覚。あなた自身がよくご存じとは思いますが、あなたの〈エンブリオ〉は応用力において最強クラスの〈エンブリオ〉です」

「………………」

ゼタの言葉に、ローガンは素直に頷けない。

最強と言われても、ゼタ含め散々負け通しているのだから。

「職業。自身の使用可能なジョブスキルの数値を一〇ヶ所まで一〇倍化する。それで得られる総合力の上昇はもはや説明するまでもありません」

ローガンのルンペルシュティルツヒェンの能力特性、『ジョブスキル改竄』。

いかなるジョブスキルであろうと、スキルの作用に数字が含まれるのであれば書き換えてしまう。できることの幅広さで言えば、全ての〈エンブリオ〉の中でも間違いなく最上位に位置する。

「説明。今回はまず、有用なビルドについての説明を行いますが、まず前提として【魔将軍】は他のジョブとのシナジーが最悪です」

「……おい」

いきなり自分の持つ超級職に駄目だしされた。

だが、メインとサブのジョブ同士のシナジーの重要性はローガンも分かっている。

これまで、模索はしていたのだから。

「将軍。超級職の中でも【将軍】シリーズは、癖が強いですから。まず、パーティの限界を遥かに超えた一〇〇〇体単位の軍団で動けるということ。次いで、それら全てに全体強化のアクティブバフを与えられること。他のジョブとはこの時点で明確に違います」

ホワイトボードにジョブの特徴を書きながら、ゼタが解説する。

付与術師系統の全体強化でも、そこまでの規模の強化はできない。

それこそ、【超付与術師】でもできないだろう。

「喪失。だからこそ、【将軍】シリーズは代償としてある程度の汎用性を失っています」

「………」

「専用。あなたも試したことはあるかもしれませんが、サブジョブに置いた《魔物強化》系のスキルを使用できません。なぜなら、【魔将軍】は悪魔種専用の指揮官。他のモンスターにも広く強化が行きわたるスキルは、シナジーの対象外です」

それはローガンにも覚えがあった。超級職になる前は併用して使えていたのに、【魔将軍】をメインにしてからは使えなくなっている。それさえシナジーできていれば、最大で六〇〇%のステータス強化を一ヶ所分の消費でできたというのに。

しかしそれは他のジョブにもあるようなメインとサブの相性問題というだけでなく、【将軍】であるがゆえの欠点があったということだ。

「強化不能。なお、他の【将軍】……例えば【蟲将軍】ならスキルレベルEXの《魔蟲強化》で全体に一〇〇%のステータス上昇が付きますが、【魔将軍】にはありません」

「はぁ!? 【魔将軍】に無いのは知っていたけど他にはあるのか!?」

「代償。代わりにインスタントの悪魔召喚がありますので」

「………」

散々悪魔召喚を便利に使ってきたローガンである。

しかし、他の【将軍】同様に強化であったならば、自分の場合は一〇〇〇％強化だったことを考えると惜しい気もした。

零から軍団を呼べる召喚と、軍団の全てを底上げできる強化。

どちらが有益であるかは判断が分かれるだろう。

「不適合。多くの【将軍】は従魔師系統の上位に位置しながら、汎用性を欠いている。それゆえ、多くのサブジョブのスキルと相性が悪いです。あなたも試したのでは？」

「…………」

図星である。ローガンも『鎧スキル系や盾スキル系のジョブでダメージを一〇％カットするスキルを一〇倍化で一〇〇％カット』とは考えた。これで無敵になれると夢想して使えなくなった【高位従魔師】の代わりに鎧スキル系のジョブを試しに取った。

しかし、【魔将軍】をメインにしている限りはサブジョブのスキルが機能しない』という結果となり、試みは失敗に終わる。他の同種の試みも同様だ。

「……何であんなに相性悪いんだよ」

「立場。【将軍】シリーズは指揮官であり、戦いの技巧を駆使する達人ではないからです」

「歴史上一対一が強かった将軍など腐るほどいるだろうが！」

古代中国の武将等を思い浮かべ、ローガンは納得いかないと吼えた。

そもそも【魔将軍】のローガンからして悪魔を指揮するものの前線には出ている。

「相性。そうしたスキルと相性が良い【将軍】職もありますよ。『人間』を指揮するタイプの【将軍】に限られますが」

「【魔将軍】だって物理ステータスは振られてるじゃないか！　なんで適性ないんだよ！」

「同感。私もそうは思います。ですが、〈Infinite Dendrogram〉のジョブシステムではそう判定されるのです。テイマーどころかサマナーに類する【魔将軍】は尚更です」

「運営の分からず屋め！　だったらステータスも他の伸ばせよ!!」

ローガンはそんな仕様にした運営に怒りを持った。

もっとも、運営……管理AIからしてもジョブ周りは先代管理者の仕事であり、手を付けられてはいないのだが。

手を付けられるなら、まずは成長への意欲を活発にするために超級職を増やして枠を広げるだろう。できないのだから、そういうことだ。

「例外。とはいえ、【将軍】でもダメージカットスキルを取れるサブジョブもあります」

「おお！　それは何だ！」

「【聖騎士】」

ジョブの名を聞いて、ローガンが固まった。

【聖騎士】とは騎士系の上級職であり、《聖騎士の加護》によるダメージ一〇％カットのスキルを有する。

そして現在の世界情勢的には……王国オンリーのジョブである。

しかも、厳重に管理されている。王国で指名手配中のローガンではまかり間違ってもジョブには就（つ）けまい。

何より、心情的にもあまり良い思い出がない。

「騎士。もっとも歴史文献（ぶんけん）上の組み合わせ例が【騎将軍（ナイト・ジェネラル）】とのビルドなので、この一ケースだけ許容される限定的な組み合わせなのかもしれません」

先ほど述べた、『人間』を指揮する【将軍】云々（うんぬん）の実例の一つである。

「ああ、何だ。ならば仕方が……」

「問題外。まぁ、それ以前に【魔将軍】は悪魔崇拝者（サタニスト）派生の悪魔種専門職なので、サブに聖職者を置いても絶対に機能しませんが。【将軍】以前のジョブ相性ですね」

「どう足掻（あが）いてもぬか喜びじゃないか！」

ローガンは少しプレイヤー自身の地を出しながら再度吼えた。

だったら【聖騎士】の名を出す必要すらないだろうが、と。

「理解。さて、ここまでの説明でご理解いただけたと思いますが」

「…………」

「不適合。ルンペルシュティルツヒェンと【魔将軍】の相性は、現在良いとは言えません」

「だろうね!!」

ジョブスキルこそが肝であるルンペルシュティルツヒェンだが、どこまでも【魔将軍】のシナジー不適合によって強化案が潰されている。

【将軍】シリーズ自体が汎用性に欠けてスキルの幅が狭く、さらに【魔将軍】はインスタント悪魔召喚にもリソースを振っているせいか一層汎用性がない。

むしろ、ルンペルシュティルツヒェンがあるからようやく運用できるとさえ言えた。

「八方塞がりじゃないか!? もうどうしろっていうんだよ!!」

敗北と失冠に続き、ジョブまで駄目ではやはり引退じゃないかと、ローガンは思った。

そんな彼を見ながら、ゼタは【魔将軍】というジョブそのものが抱えた歪さについて、心中に疑念を抱く。

(それらを差し引いても、【魔将軍】は他の【将軍】シリーズよりもバランスが悪い)

ゼタの所感で言えば……まるで『大事な歯車が抜け落ちている』ような感覚だ。

(【魔将軍】のみの利点があるので、それに対する配点がシステム製作者の中では高かったのかもしれません。ですが……それにしても基本コストが重すぎる。……このことはオ

ーナーやラスカルも交えて、後日考えましょう）

ゼタは目の前で落ち込むローガンを見る。まるでゼタの交渉前の折れたメンタルに戻ったかのような小学生（中身）に対し、授業を続ける。

「利点。他にはない【魔将軍】の利点として、インスタントの悪魔召喚が挙げられます」

「……他のジョブもやってるだろ。【召喚師】とか……」

「否定。召喚師系統や精霊術師系統は、予め召喚対象を用意する必要があります。召喚のための媒体であったり、得手とする属性の自然魔力が豊富な地域であったり、と。対して、【魔将軍】のインスタント召喚は、コストさえあればどこでも、いくらでも呼べます。それこそ、コストが数値上のリソースを満たしさえすればいいのだから」

召喚師系統の扱う召喚モンスターは、媒体に情報と概念が保存されている。

媒体に魔力を注いで実体化させることが彼らの召喚であり、倒されれば再召喚までには幾らかの時がいる（中には【バルーンゴーレム】のように、復帰速度の速さを特性とする召喚モンスターもいるが）。

また、【妖精女王】を筆頭とする精霊術師系統は、属性ごとに精霊召喚に適した環境があり、そこでしか十全に使用できない。

対して、【魔将軍】の悪魔召喚はいつでも、どこでも、何度でも、だ。

コストがあるならば、倒された端から呼び続けて尽きることすらない。

尽きぬ軍団。他の【将軍】シリーズの利点に勝るとも劣らないと言えるかもしれない。

「……そのコストだって無限じゃない。特に、【ゼロオーバー】はな」

特典武具を捧げなければ呼べない神話級の【ゼロオーバー】を除くとしても、伝説級の【ギーガナイト】も決して呼び出すのは安くない。

リソースから得られるコストを一〇倍化するローガンであってもそれは同じだ。

「呼んだところで悪魔の戦力も絶対じゃない。……【ゼロオーバー】はあいつに負けた」

格下だと思い続けてきたフランクリンに、自身の切り札である強化【ゼロオーバー】を一蹴された。そのことがローガンの自己評価に大きな罅を入れている。

だが……ゼタは首を振って否定する。

「問題外。悪魔の単体戦力は、問題の核心にはなりえません」

「何？」

「得手不得手。【魔将軍】とルンペルシュティルツヒェンの組み合わせは、間違いなく広域制圧型です。一体の悪魔の戦力に依る……個人戦闘型や広域殲滅型の土俵に立つべきではありません」

「じゃあ、どうしろと？」

「単純計算。一〇×二〇は一〇〇よりも大きいのだから、【ギーガナイト】を大量に呼べばいいのです。今の【ソルジャーデビル】と同じ数だけ……軍団を埋めるほどに」

「……………なんだって？」

ゼタの発言が明後日の方向に跳んだような気持ちになりながら、ローガンが聞き返す。

言っていることは分かるが、話が通じていない感覚があった。

「複合。サブに召喚師系統を置き、《多重同時召喚》を習得しましょう。これならば【魔将軍】とのシナジーがあり、サブにおいても使えます。同時召喚数の一〇倍化もいけるでしょう。伝説級の悪魔を瞬時に大量展開できます。一度に一〇〇〇体はできずとも、複数回の召喚で埋められるでしょう。一〇分の一でもオーバーキルになりかねませんが」

「あのなぁ！　さっきも言ったけどそんなコストはないんだよ！」

一度に召喚できる数を増やす《多重同時召喚》との組み合わせはローガンも考えた。

だが、同時召喚の上限数が増えるだけであり、コストは召喚しただけ増していく。

ソルジャーデビルと同じ数……一〇〇〇体単位での使役など、〈超級〉であるローガンの財力でも不可能だ。

ただでさえ毎度召喚コストを強いられるために、貯蓄が乏しい。

皇国からの依頼はその都度必要なコストを受け取っている形だ。カルチェラタンでの戦いなど、それをオーバーしたために大赤字である。

当たり前のことが分かっていないと、ゼタの机上の空論に怒りをぶつけようとしたが。

「疑問。そもそもなぜコスト不足なのですか？　特性上、コスト不足などありえないのに」

ゼタの方は、心底疑問に思った様子で言葉を発した。

「転換。もっとも、今まで気づいていなかったからこそ、強化案として私が提示できることではあります。現状相性がいいと言えない【魔将軍】を、最適化させるプランです」

「……だから、それは一体何なんだよ」

問われたゼタはローガンの肩を叩き、

「――転職。今日から生産職になりましょう」

――彼が今まで思ってもいなかったことを口にした。


「何で生産職になんか……」

ローガンの脳裏にはフランクリンの姿が浮かび、どうしても否定的な感情が湧く。

それに構わず、ゼタは言葉を続ける。

ホワイトボードに単語を書き連ねながら、今回の解説の核心に至る。

「近似。理屈としては、【ジェム】生成貯蔵連打理論に近いものです」

「【ジェム】生成……?」

何だったかと思いだそうとするローガンに、ゼタは順を追って説明する。

【ジェム】生成貯蔵連打理論とは、ガードナー獣戦士理論以前のまだジョブも〈エンブリオ〉も上級程度しかいなかった頃に、最強のビルドの一つとして挙げられていたもの。

【ジェム】は魔石職人系統の生産職が、サブに置いた魔法職が使える魔法を封じ込めることで作成する。

そしてこの理論は、戦闘前に上級攻撃魔法の【ジェム】を大量に作り、いざ戦闘になれば魔法を使いながらも延々と【ジェム】を投げ続けるというもの。

生産にコストはかかるものの、【ジェム】ならば上級魔法の奥義に近い威力をノータイム&MP消費なしで連打できるという恐るべき理論だった。

ただし、後にAGI型戦闘職が亜音速に足を踏み入れるのが当然になった時点で、『投げ続けることができず殺される』ので廃れた。

ステータスに特化したガードナー獣戦士理論にも真っ向から負けている。

それでも……一世を風靡した理論の一つであることは間違いない。

ゼタはそれを再び呼び起こそうとしていた。

「俺に【ジェム】を作れと？」

「否定」

否。ローガンにしかできない進化を遂げさせようとしていた。

「金策。まずは金を作りましょう。金属的な意味で」

「……は？」

首を傾げるローガンに対し、ゼタは人差し指を立て、表情の見えないミイラ顔のままどこか陽気そうにこう言った。

「――レッツ錬金」

◆

〈Infinite Dendrogram〉における錬金術は多岐に亘る。

マジックアイテムの作成に特化する者、薬品の調合に特化する者、人造生物の製造に特化する者、スタイルは様々だ。

中でも基本に近いものが、『下位素材を上位素材に変換する』というスタイル。

その一例として、《ミスリル錬金》というスキルがある。

しかしこのスキルの中身は人によって異なる。

たとえば、《ミスリル錬金》のスキルレベルが一で、DEXが一〇〇の【錬金術師(アルケミスト)】がミスリルを錬成する際のスキル説明にはこのように書かれている。

『材料とする【銀】の一〇分の一の質量の【ミスリル】を、一〇〇（DEX）×一（スキルレベル）÷一〇〇の確率（％）で生成する』

所有者のDEXに依存(いそん)した計算式と成功率の表示が、スキルの内容に含まれる。

生産系はある意味では戦闘系よりも、数式を重視する。

錬金術による金属の錬成は、数値が異なるだけでほぼこの形だ。

DEXに依存した成功率で、下位素材の何分の一かの上位素材を作成する。

DEXもスキルレベルも低い錬金術師は、素材を無駄(むだ)にするだけでろくに錬金できない。

だが……ここにルンペルシュティルツヒェンが手を加えるとこうなる。

『材料とする銀の一〇分の『一〇』の質量のミスリルを、『一〇〇〇』（DEX）×『一〇』（スキルレベル）÷一〇〇の確率（％）で生成する』

つまり――成功率一〇〇％で下位素材と同じ質量のミスリルが出来上がる。

文字通りの錬金術。

スキルを使えば使うだけ、財貨が……捧げるコストが生まれていく。

多少の元手とステータスがあれば、延々と世界からリソースをふんだくれてしまう。

早々に気づいたゼタからすれば「何でやっていなかったのだろう？」という話である。

元よりアイテムや生贄を捧げた後のポイントをルンペルシュティルツヒェンで水増ししていたローガンだ。『捧げるアイテム自体を水増し生産する』という発想がなぜ湧かないのかと疑問に思って当然と言える。

そんな当然のことになぜ気づかなかったかと言えば……戦闘系ならともかく生産系のジョブなどローガンの眼中になかったためだ。

戦場で相対することもないので、調べてすらいなかったのである。

皇国の生産職の代表格が彼にとってあまりにも悪印象だったことも一因だろう。

ともあれ、こうして彼は歴代最高効率の【錬金術師】となった。

無論、【魔将軍】をメインにしていては錬金術師系統のスキルは使えないが、錬金するときだけメインジョブを変えればいいだけだ。

それに【魔将軍】をサブに置いてもＭＰやＤＥＸは変わらないため、錬金に使うＭＰや判定のDEXにはかなりの余裕がある。

ジョブレベルやスキルレベルの上昇に伴ってさらに錬金効率が上がることは既定路線であり、そうなればやがては無尽蔵のコストを手に入れることができるだろう。

【ジェム】生成貯蔵連打理論に近いとはそういうことだ。

生産職と戦闘職の融合。【錬金術師】の無尽蔵な錬金で事前に莫大なコストを捧げておき、戦闘時は貯蔵したコストに任せて《コール・デヴィル・ギーガナイト》で伝説級悪魔を何十何百と呼び続ける。

悪魔を使い分ける必要も、戦術を考える必要も、コストを惜しむ必要もなく、大抵の相手はあっさりと蹴散らせてしまう強大な悪魔の大軍で潰す。

要するに、『大量リソースで好き放題強力な悪魔を呼びまくる脳筋ビルド』である。

あえて前例に準えて名づけるならば、『錬金貯蔵伝説級連打理論』という……ローガンにしか実践できない理論が出来上がった。

このビルドを教えられてから、ローガンは夢中で錬金を続けている。

スキルレベルも上昇中であり、時にはただの【ミスリル】ではなく大成功で【高品質ミスリル】が生成されることもある。

それらの一部を卸して下位素材を購入し、錬金を繰り返す。

今、ローガンが悪魔を召喚するためのコストは膨大な量が貯まっていた。

「…………」

目論見通りに強化されたローガンだが、それを意図したゼタにはふと思うことがある。

下位の【錬金術師】ではミスリルが限度だが、【高位錬金術師】になれば奥義で神話級金属も作れる。本来の成功率は低く、下位素材からの減少量も凄まじいが……それもローガンならば問題ないだろう。

神話級金属の価値は高い。

市場価値の高さだけでなく、金属自体が含有したリソース量も膨大だ。

現在人類が加工可能な金属の中では最高峰であり、それこそ数百年と伝わる伝説の武器の材料にもなる。

中には、逸話級の特典武具を上回る性能を発揮するモノもある。

(だとすれば……)

神話級悪魔。これまでは神話級のモンスターだからとしか思っていなかった。

だが、あるいは……『召喚に足る量の神話級金属塊を捧げて呼び出す』からこその名称であった可能性もあるのではと、ゼタは考えている。

『一度のコストで支払う』条件も金属塊ならばいくらでも繋げ、膨らませて達成できる。

ならば最終的に【ギーガナイト】ではなく……【ゼロオーバー】で軍団を形成することもローガンには可能かもしれない。

そのことを想像し、ゼタは「少し与えすぎましたか」とも考えた。

少なくとも、〈IF〉のメンバーとして手綱を取り続ける必要はあるだろう……と。


なお、このビルドに感銘を受けた……受けすぎたローガンは既存の下級職と上級職のほとんどを初期化。善は急げと、錬金術師系統と召喚師系統の下級職で埋めたのだった。

それでいて、錬金ばかりしていたのでレベルはほとんど上がっていない。手の内を秘密にするために錬金術師ギルドのジョブクエストも受けていない。

それでも問題ないと考えていたローガンはその後、講和会議で有り余るコストに物を言わせた伝説級の大量展開を行おうとした。

しかし、先手を打って放たれた扶桑月夜の《絶死結界》により、レベル不足で死亡。

かくして、彼の『錬金貯蔵伝説級連打理論』は未だに日の目を見ていないのである。

■皇都ヴァンデルヘイム・貴族街

そうしてローガンが錬金術師に鞍替えして暫く経った現在。

うっかり即死事件の後、ちゃんとレベル上げをした今の彼は……。

「足りない……足りないよぉ……」

辛そうな顔でぼやいていた。

室内では錬金用の純水が蒸留器具の中でボコボコと煮立ち、山積みになった錬金の初期原料が血のような鉄分の臭いを充満させている。

「材料が足りないよぉ……」

そして本人は錬金を続けながら泣き言を口にする。

彼が今手掛けているのは【高位錬金術師】の奥義、《仮説：黄金錬成》。

黄金とは言うが、神話級金属を含む希少かつ特殊な金属を錬金する生産スキルだ。

そして《仮説》などという単語がついていることから分かるように、このスキルは【高位錬金術師】時点では未完成の代物である。奥義でありながら、だ。

具体的には上位金属の錬成に必要な素材が多く、素材以外にも多数の触媒を必要とする。

　さらに、生成金属も完全には選べない。

　目当ての金属を設定しても、別の金属が錬成されるパターンが多岐に亘る。

　いや、それ自体はいいのだ。ローガンならばルンペルシュティルツヒェンで確率自体をいじることは不可能ではない。

「神話級金属がほとんど出てこないのに材料がなくなった……」

　問題は、彼が作りたい神話級金属が《仮説：黄金錬成》では『目標として設定できない』ことだ。偶然（ぐうぜん）の錬成に期待するしかない。

　結果、錬金ガチャ状態の彼は材料不足に悩（なや）まされていた。

　金属自体はルンペルシュティルツヒェンのお陰（かげ）でほぼロスがないので再び錬金ガチャに使えるものの、触媒の方はそうはいかないのである。

【錬金王（超級職）】になれば《仮説》じゃない正式版の《黄金錬成》ができるらしいけど……」

　そちらでは神話級金属も目標に設定できるらしいとは彼もゼタに聞いている。

「転職条件達成のアナウンスが来ないし……」

　だが、彼はまだ【錬金王】の転職条件を満たしていなかった。

　そもそも、【錬金王】の座が現在空席かも分からない。ティアンならともかく、〈マスター〉が既に就いていれば永久に席が空かないので詰（つ）みである。

「触媒もゼタが置いていってくれた分はもう使い切りそうだしなぁ……」

【盗賊王】である彼女が彼に融通した各種アイテムだが、それはあの講和会議に出発した日から補充されていない。肝心のゼタ自身がまだ皇都に帰還していないためだ。

「どこで何をしているのか知らないけど、早く帰ってきてほしい」と彼はぼやく。

「そういえばもうじき追加の〈超級〉が皇都に来るんだっけ……」

フリーの〈超級〉に打診して、何人かから承諾されたことは噂に聞いている。

ゼタとマードックに続く戦力補充に対し、ローガンも皇王の思惑を察する。

今度こそケリをつける気なのだろう、と。

「どこの誰が来るかは知らないけど……。フランクリンほど性格悪くなくて、ベヘモットほどコミュ障じゃなくて、こっちの苦手な相手を請け負ってくれる奴だといいな……」

かつての彼ならば、『王国なんて私一人で余裕だ！』と豪語していただろう。

だが、幾多の敗北で心折られ、ゼタの教育や錬金術を通して学んだ今の彼は違う。

ソロのリスクも、相性差も、コストの大小も、人付き合いも、考えに含めている。

リアルではまだ小学生のローガン・ゴッドハルト。

彼の成長がこの世界に与える影響は……現時点では未知数である。

エピソードⅣ　不死者の招聘

■ドライフ皇国・〈ミカロス荒野〉

皇都と皇国南東のバルバロス辺境伯領の間には、広大な荒野が広がる。

かつては穀倉地帯だったが、皇国全土が枯渇した現状においては草木の生えない土地となっている。

不毛な土地に、今は雨が降っていた。

日中の光さえ幽かになるほどの分厚い雲と雨の幕。

人々の道行きを阻むような雨の中を、一〇台の竜車が進んでいる。

それらはいずれも皇都に向かう人々を乗せた竜車である。

今の皇都は他国との戦争に備えて様々な人材を募集中。食うに困って仕事を探して皇都に向かう地方村落の出身者もいれば、志を持って向かう者もいた。

自分達の窮状を打破するため、自分達を見捨てた王国を討つべしと鼻息荒く話す若者。

どうにかして昔のように友好関係に戻れないかと思い悩む年配の女性。

並び進む竜車のそこかしこで多くの会話が交わされている。何が正しいのか分からない、道標のない混沌が滲んだ空気がそれぞれの竜車の中にあった。

『♪～』

その只中に、明らかに不審な人物がいた。

顔には樹木の枝をより合わせたような木製の仮面を着け、安物の衣服に身を包んでいる。

明らかに不審者だが、左手の甲に見える紋章で「〈マスター〉なら仕方ない」とスルーされているような状態だ。

男自身は、仮面の内側で無言のまま笑みを浮かべている。

男――〝常緑樹〟のスプレンディダはこの空気を楽しんでいた。

エルトラーム号の事件から日中の砂漠を歩き通した彼はバルバロス辺境伯領に到達し、今はこの竜車に乗っている。

来たる〈戦争〉のために、皇王に招聘されたためだ。

（相変わらず、風景には見るべきものがない国だけれど人の表情は様々だね）

混沌とした空気を、戦争前の空気を、スプレンディダは愉快気に味わう。

リアルであれば、戦争になる国に出向くなど御免だ。死んでしまう。

だが、『スプレンディダ』の身体はアバターだ。死んでも死なない。

何より、彼であればアバターさえも死なない。

だからこそゲームとして楽しめる。

どこまでも、いつまでも、何があろうと。

彼は〈Infinite Dendrogram〉で起きる全てを、イベントとして楽しめる。

（何事も、気楽にやるのが一番だよね）

かつて自分の暗殺計画の片棒を担いだ彼を招聘した皇王も、〈マスター〉である彼を取引相手としたクリスも、国や世界のために何よりも優先する使命感を持って動いている。

だが、彼にそれはない。

面白そうなイベントを最前列で見たいから、招聘に応じ、取引もする。

皇王の下で動く【獣王】――友のために力を尽くす者とは違う。

王国でクリスが取り込もうと動いている【剣王】――愛ゆえに心折れた者とも違う。

彼は、〈Infinite Dendrogram〉のことを徹頭徹尾、面白いゲームだと考えている。

現実と見紛う素晴らしい出来栄えで、現実の命を賭けずに遊べるゲームだと。

この竜車の混沌も彼にとっては見世物であり、安全圏から眺める観光資源に過ぎない。

今後参加するだろう〈戦争〉も同様に。

ある意味では、健全な遊戯派だった。

（そういえば王国では今頃噂の〈トーナメント〉かぁ。ミーも興味はあったけれどね）

確実に〈ＵＢＭ〉とやりあえる王国の〈トーナメント〉は魅力的だったが、彼は結局皇国の招聘にそのまま応じた。

そもそもの話として、〈トーナメント〉が決闘である以上……彼は勝てない。

彼が自身の力を発揮できるのは実戦だけである。

彼の使っているコンボは、そういうものだ。

（さて、過去の遺恨を水に流してミーを呼ぶ。講和会議に間に合わなくとも招聘自体は継続中。引き続き、〈ＤＩＮ〉を通してお誘いは来ている。フリーの〈超級〉の中で、あえてミーを呼ばなければならない理由が皇王にはあるのかな？）

皇王にとって実力を把握している〈超級〉の一人ということもあるだろうが、それ以外にも何か理由があるような気がした。

（まぁ、何にしてもようやく皇国にも着いたから。あとは皇都で皇王に会い、依頼を受諾すればいい。それで指名手配も解けるしね）

仮面を着けているのは、まだ指名手配中だからだ。ティアンは〈マスター〉のファッションにそこまでツッコミを入れないが、指名手配となればまた話が違うのである。

（それにしても、この竜車は随分と手狭だね）

不審な格好のスプレンディダであるが、他の乗客が彼の周囲を避けることはなかった。

なぜなら、そんなスペースがないからだ。

竜車の左右の座席には彼の隣席を含めて隙間なく人が座り、真ん中の床にまでも人が座り込んでいる。一〇台もの竜車があるというのに、乗客が超過気味だ。

『…………』

「ヒッ……」

スプレンディダの隣の女性ティアンは不安そうに座っており、仮面の彼が視線を向けると怯えたように身を竦めた。無理もない。

（惜しいね！　可愛いから、普段なら口説くところだけれど流石に仮面は外せないや！）

事件をイベントとして楽しむように、女性へのナンパもリアルより遥かに気軽に行うのがスプレンディダという〈マスター〉だ。

リアルと違い、軟派な行動で社会的なダメージを負うこともない。

「あ、あの……何でしょう？」

自分の方を無言で向いたままの仮面の男に、女性は怯えながら問いかけた。

『ああ、ごめんごめん！　今日の竜車はなぜこんなに混んでいるのかと思っただけなんだよ！　バンビーナがお美しくてそちらを見てしまったのもあるけど、ね！』

「は、はあ……」

仮面のまま陽気な声音で捲くし立てるスプレンディダに、女性は気圧されながらも少し安堵した様子だった。見た目よりも気さくだと思ったのかもしれない。

「えっと、乗る前に聞いた噂ですけど……」

女性によると、この竜車の列は交易商人による運搬も兼ねており、人だけでなく荷も載っている。特に今日はその荷の割合が多く、アイテムボックスに入れても嵩張っているので、その分だけ人を詰めているのだという。

『ふむふむ』

聞きながら、スプレンディダは考える。

バルバロス辺境伯領からの輸送であることを考えると鉱山の物資か、あるいは辺境伯領に隣接する王国やカルディナから裏ルートで密かに持ち込まれた物である可能性もある。

食料にしろ、植物原料のポーションにしろ、今の皇国では貴重なものだ。

（ああ、それでかな？）

スプレンディダがそんな感想を抱いた直後――爆音が彼らの竜車を揺らした。

竜車を引く亜竜の鳴き声と、乗客の悲鳴。

それに紛れるように、彼方から聞こえてくるエンジン音。

「こっ……や、野盗の襲撃だ！」

「積んである物資を狙っているぞ……！」

襲撃を告げる御者の声に、スプレンディダが首を傾げながらも反応する。

『……皇国にもいるだろうけど』

こんな国は願い下げ、資産を奪って他国に高飛び。そのように考える者が王国にいたという噂は聞いている。その同類が皇国にいても不思議ではないとスプレンディダは考えた。

〈戦争〉を控えていること以前に、皇国は国自体が枯渇寸前なのだから。

『でも今の言葉……』

しかし御者の発した言葉に、少しの疑問も覚える。

まるで何か別の言葉を言おうとして、慌てて言い直したような違和感。

だが、状況は彼に疑問について考える時間を与えない。

「し、進行方向の地面が吹っ飛んだぞ！　網も張られて……待ち伏せだ！」

「護衛は……！　後ろの竜車に〈マスター〉の一団を乗せてたんじゃないのか⁉」

「いつの間にか消えちまったよ！」

突然の襲撃に、竜車の中は先ほどまでとは種別の違う混乱に満たされる。

止まってしまった竜車から逃げようと飛び出し、ぬかるんだ荒野の泥で足を滑らせる者。

無理やりに走り続けようとして、地面に敷かれた網を巻き込んで横転する竜車。

竜車の列はまともに動けなくなり、襲われる側の悲鳴が木霊する。

「あ……ぁ……」

スプレンディダの隣の女性も、この状況に震えて動けなくなっている。

『………』

スプレンディダは女性を安心させるようにその肩に右手を置く。

しかしその直後、スプレンディダの乗る竜車も横転していた。

天地がひっくり返り、竜車の中で人々がかき交ぜられる。

「きゃあああああ⁉」

スプレンディダは悲鳴を上げる女性を咄嗟に抱きかかえ、そのまま横転する竜車の幌越しに地面へと打ちつけられる。

ひっくり返った竜車の中で、大勢の人々の痛苦の声が響く。

『大丈夫かい？　バンビーナ』

その中で、スプレンディダは身を挺して守った女性に少しだけ濁った声で問いかける。

「は、はい。ありがとうございます……！」

女性は自分を助けてくれた者の声に応じ、

『ああ。それは良かった』

――打ち所が悪く、首が直角に圧し折れたスプレンディダを見た。

「はぅ……」

低予算ホラーのような有り様のスプレンディダを見て、女性はそのまま気を失った。

『はてさて』

スプレンディダは自分の頭を両手で挟み、強引に元の角度に戻した。

頸骨は骨折し、筋組織も千切れていたが、すぐに再構成される。マニゴルドの砲撃と比べれば、この程度はかすり傷だ。

ほどなくして完治するのと同時に、スプレンディダは車外へと出た。

雨の幕の先へ目を凝らして見れば、遠くに銃器をメインに武装した一団の姿が見える。

この大雨に乗じて襲ってきたのだろう。バギーやレプリカの煌玉馬に乗った一〇〇人近くの大規模集団が、鶴翼の陣で迫ってきているのが確認できた。

『うーん。皇国に雇われる身としては何とかしたいけれど、ちょっと厳しいかな？』

大別するならば、現状のスプレンディダは個人戦闘型である。

正確に言えば、そこから派生した個人生存型ビルドだ。『自分一人だけ生き残る』ことに特化しており、通常の個人戦闘型よりもさらに数に対処する力は低い。

毒を撒こうにも、屋外でこうも広がられた上に乗客のティアンが大勢いてはリスクとリターンが見合わない。

一人一人相手取るにしても、スプレンディダのＡＧＩは高くない。

時間が掛かり、獲物を奪うだけ奪って逃げられる。【獣王】との戦いで使った離脱阻止の特典武具も今は使いづらい。

（うん。我ながらこうして考えると一対一の時間稼ぎくらいしかできないのだけど……皇王はどうしてミーを呼ぶのだろう？）

〈超級〉の中でも間違いなく戦闘力が低い方に分類される自分を、指名手配を解いてまで招聘する理由は何なのだろうかと……より疑問を深くした。

しかし悩む間にも、野盗と思われる武装集団は次第に距離を詰めてきている。

手が足りない状況でどう対応したものかと思案していると……。

『――野盗でなければ伏せるがいい』

——そんな声がどこかから聞こえた気がした。

乗客が怯えて伏せ、スプレンディダは『ふむ』と立ち尽くし、迫る武装集団は声に気づかずに勢いのままに襲い掛かろうとする混沌とした状況。

その混沌を、轟音が切り裂いた。

まるで電動鋸を回したかのような連なる轟音は——ガトリング砲の発砲音。

最後尾の竜車の幌を弾幕が切り裂き、その先にあった武装集団……とスプレンディダをミンチに変える。

『おやまぁ』

光の塵になる野盗の一角と、上下に両断されながら再生するスプレンディダ。

不幸なことに、上半身の方から再生が始まったので彼は下半身を露出することになった。

格好がつかないので、体から樹木を生やして覆うことにする。

『塵になったということは野盗も〈マスター〉かな？　それと、また服が駄目になったよ！』

慣れているのか、真っ二つになったこと自体は何でもないかのように彼は笑った。

『……野盗でなければ伏せろと言った』

『いやぁ、ミーの判断が遅かったからね！　それで、トゥはどちら様？』

彼の問いに答えたわけではないだろうが、声の主はすぐに破れた幌の中から現れた。

それは――砂漠色のマントを纏った機械仕掛けの大鎧だった。

胸部に発光体が埋め込まれ、煙の中で光るそれは巨大な単眼のようにも見える。

『……〈マジンギア〉？　いや、違うか……』

一見すると、皇国の〈マジンギア〉のようだったが、違う。

人型の機械は【マーシャル】よりも巨大で、【マーシャルⅡ】より幾らか小さい。

ちょうど中間のサイズであり、皇国の兵器の規格ではない。

何より、首がない。頭部が胴体に埋まったような造形であり、スプレンディダはそんな機体をカスタムでも見た覚えがない。

『お名前は？　ああ、ミーはスプレンディダというけどね』

問われ、機械仕掛けはノイズ交じりの声で答える。

『――イゴーロナク』

それはクトゥルフ神話に登場する頭部を持たない神の名だ。

だが、〈Infinite Dendrogram〉においてはもう一つ、意味がある。

『……トゥが〝不退転〟かぁ』

〝不退転（イゴーロナク・ザ・ノーリターン）〟のイゴーロナク。

スプレンディダ同様、国家に所属しない〈超級〉の名である。

『もしかして、トゥも皇王に呼ばれているのかな？』

機械仕掛けの大鎧は《看破》も《鑑定眼》も受け付けない。

そのためイゴーロナクがアバターネームなのか〈エンブリオ〉の銘なのかも不明だが、

フリーの〈超級〉として各地でモンスターの討伐や護衛を完遂してきた実績は有名だった。

それほどの実力者が今の皇国にいる理由は、自分と同じなのではないかと推測した。

『そちらも同じようだな、〝常緑樹〟』

イゴーロナクもまた、スプレンディダのことを知っていたらしい。

奇しくも皇王に招聘された〈超級〉が二人、この竜車の列に居合わせた。

『こうなると不幸なのはむしろ彼らの側だなぁ』

〈超級〉二人を相手に、一〇〇人で勝てるかどうか。

先ほどのガトリング砲の掃射を見る限り、自分が持っていない対多数戦闘能力もそれなりに持ち合わせているだろうと考えた。

『じゃあミーは竜車の警護をやるから、掃討をお願いするよ』

『……了解。心得た』

スプレンディダの役割分担に異を唱えず、イゴーロナクは動き出す。

手にしていたガトリング砲を捨て、代わりにどこかからミサイルランチャーを二丁取り出し、両肩に担いで武装集団に向けて撃ち放つ。

追尾式のミサイルに狙われ、武装集団が次々に光の塵となった。

中には浮遊盾の〈エンブリオ〉をつかって防ぐ者もいたが、対応したイゴーロナクが持ち替えた対戦車ライフルによって撃ち抜かれる。

その隙にＡＧＩ型の〈マスター〉が接近し、薙刀の〈エンブリオ〉で切り掛かってくるが、イゴーロナクはそれよりも射程の長い長槍を装備し、カウンターで突き殺した。

敵方もそれなりにレベルの高い〈マスター〉であるはずだが、一方的な展開と言えた。

（武装切り替えを能力特性としたパワードスーツの〈エンブリオ〉かな？　〈超級〉にしては少しばかり地味だけど、使い勝手は良さそうだね。まるでＦＰＳのキャラクターだ）

ステータスはＳＴＲ・ＥＮＤ・ＡＧＩがバランスよく高いようで、現時点でこれといった欠点は見当たらない。一芸特化のスプレンディダとは対照的だ。

（このまま彼に任せれば綺麗に片付きそうだね。……おやぁ？）

視界の先に、今までのバギーやレプリカとは違うシルエットが見えた。

それは竜車のようだったが、違う。

地竜種の上位純竜と思われる個体が牽くのは、客車ではなく台車。

台車の上に大砲を載せた……まるで列車砲のような代物だった。

『……ただの野盗にしては戦力が大きいと思ったけれど』

そんなスプレンディダの呟きを、彼方からの轟音がかき消す。

列車砲モドキがイゴーロナクへと砲撃を行ったのだ。

『…………』

だが、イゴーロナクはその着弾点を読み、高速で移動することでそこから回避する。

読み通り、イゴーロナクから一〇メテル以上も離れたところに砲弾は着弾――

――する寸前、水平方向に曲がった。

ありえない軌道をとった砲弾が、イゴーロナクに命中し――そのまま貫通する。

〈超級エンブリオ〉であろうパワードスーツの装甲を紙のように破り、胴体の上半分を消し飛ばした。

胴体を失くしたイゴーロナクが、前後に揺れてから俯せに倒れ込む。

ロボットであれば中枢回路を破壊され、パワードスーツであれば中の人間も即死であるのは間違いなかった。

『……ええ？』

そのまま倒れて動かなくなったイゴーロナクを見下ろすスプレンディダ。

仮面の内側の表情は『そこで死ぬの？』という微妙な表情だった。

◆

地に倒れ伏すイゴーロナクの姿を、巨砲の下で一人の男が見届けていた。

分厚い軍用コートを着込み、サングラスに似た多機能バイザーを掛けた男が息を吐く。

「……着弾確認」

そうして男……【魔　砲　王】ヘルダイン・ロックザッパーは自らの攻撃の結果を呟いた。

命中することは分かっていた。

魔力式大砲運用特化型超級職【魔砲王】の奥義、《魔弾の射手》の砲弾は絶対に外れない。

目視で設定したターゲットに命中するまで、撃ち放った砲弾は自動追尾を続行する。

加えて、ヘルダインの砲撃に限っては防ぐこともできない。

彼の〈エンブリオ〉にして砲、【神姫砲壊　フェンリル】は一切の防御を無力化する。

防御スキルも物理的防御も意味をなさない。

神をも喰らう逸話の如く、何者であろうと当たれば屠る。

絶対命中と防御無効。攻撃に特化したこのビルドこそが、皇国の討伐とクランランキング双方の上位に名を載せる彼の力だった。

「損失は?」

「あのパワードスーツに二割は狩られました」

「想定より多いな。やはり、準〈超級〉以上の実力者だったか」

クランのサブオーナーから返ってきた被害報告を聞き、そのような戦力分析を行う。

イゴーロナクを〈超級〉と判断しなかったのは、スプレンディダが考えたように『〈超級〉にしては地味だ』という印象があるためだ。

それでも無視できぬ戦力であり、メンバーでは荷が重いと考えたため、後方に待機していた彼が砲撃を行ったのだ。

「しかし、連中が新規であんな戦力を雇っていたとはな」

「やはり、皇都にアレを持ち込むためでしょうか……」

「私達が出張って正解だった。王国との戦争前に、禍根を残すわけにはいかない」

竜車の列を襲った野盗であるはずの彼らは、しかしそうとは思えぬことを話す。

「あとは……あの仮面の男か」

「恐ろしい再生能力を持っています。耐久型の準〈超級〉かもしれません」

言葉を交わしながら、ヘルダインはフェンリルの照準をスプレンディダに合わせる。

「何度蘇るか、何時まで蘇るかは知らん」

ヘルダインは多機能バイザーの望遠機能でスプレンディダの仮面を凝視し、

「――私の部下達が目的を果たすまで止まっていてもらおう」

――神殺しの名を冠した砲を撃ち放つ。

◆

豪雨降りしきる泥濘の荒野に、機械の残骸が散らばっている。

『これは、どうしようかな？』

敵の砲撃によって、イゴーロナクは完全に破壊されている。砲撃の軌道と破壊力から何らかのスキル同士のコンボであろうとスプレンディダは推測した。

個人生存型の〈超級〉であり、数多の攻撃を生き抜いたスプレンディダゆえに攻撃の分析は得手とするところだ。

〈超級〉といえど、スプレンディダやエミリーでもなければ死ぬことはある。

格下からでもクリティカルヒットを受ければこうもなるだろう。

『おっと』

イゴーロナクの惨状を見ている間に、飛来した砲弾がスプレンディダを粉砕した。

すぐに頭部から再生が始まるが、それを潰すように再度の砲撃が飛来する。

（困ったなぁ。これじゃあ動けない）

スプレンディダが死ぬことはないが、体を砕かれ続ければ身動きは取れなくなる。

毒物をはじめとする彼の攻撃手段は、二キロ以上先から攻撃しているヘルダインには届かない。

その間にスプレンディダを……彼を攻撃する砲撃から距離をとりながら、ヘルダインの部下達が竜車へと迫っていく。容赦がなく、それでいて洗練されている。

（うーん。彼ら、野盗とは違う気がする。それに、御者達のさっきの言葉も……）

手も足も出ずに砲撃で体をバラバラにされながらスプレンディダは考え事をしていた。

そうして何度目かの炸裂の拍子に、吹き飛んだスプレンディダの頭部はイゴーロナクの残骸の傍に落ちた。〈超級〉二人が仲良く砕けて地面に転がっている状況だ。

（……おや？　そういえば、彼が消えないね？）

不死身のコンボを持つスプレンディダが消えないのは当然だ。

だが、なぜイゴーロナクは消えていないのか。

『？』

頭部だけのスプレンディダは、雨音に紛れて何か小さな音が聞こえることに気がついた。

壊れたイゴーロナクの残骸から、ノイズ交じりの音がする。

『おいおいおい！　イゴっちぶっ壊れてるじゃん！　何やってんだよヴィトー！』

『知るかぁ！　あんなん初見殺しだっつの！』

『砲撃してきた敵との距離はおよそ二キロメテル。アウトレンジ』

『言ってる場合かよ、みっちー！　クッソ、超長距離砲撃装備は……』

『いや、相手は恐らく遠距離戦特化の準〈超級〉。復帰次第距離を詰めるぞ。スモール、近距離兵装の転送。ラージ、アクティブスキル用意』

『う、うん！』

『オーライ、ヒカル！　今度はヘマすんなよヴィトー！』

『うっせえ！』

――それは話し声だった。

（これって…………）


スプレンディダが何事かに思い至ろうとしたとき、スプレンディダの頭部目掛けて飛来したフェンリルの砲弾が炸裂した。

どうやら弾種を変更したらしく、今度は大規模な爆発が周囲を包みこんだ。

激しく立ち上った爆煙と土煙が、スプレンディダとイゴーロナクの残骸を覆い隠した。

◆

「やったか……」

防御無視の砲弾ではなく、威力と効果範囲に特化した爆裂砲弾。

その爆心地であったために、スプレンディダは木っ端微塵になっている。

肉体の損壊がどの程度再生に影響しているかもヘルダインには定かでないが、それでもこれでいくらか時間を稼げればと考えた。

「……？」

だが、豪雨によって爆煙が消え失せたとき、そこには明らかな異常があった。

その異常とは、大爆発を経ても既に再生しはじめているスプレンディダ……ではない。

『――戦闘再開』

それは地面に散らばっていた残骸の消失と――傷一つないイゴーロナクの姿。

イゴーロナクは壊れる前と同じ、先ほどの話し声のいずれとも違う声を発して動き出す。

直後、その姿はかき消え――砲撃するヘルダインの目の前に現れていた。

「ッ……!?」

遥か彼方にいたはずの敵手が自身の眼前に現れたことに、ヘルダインが驚愕する。

その間隙にイゴーロナクは両腕にサブマシンガンを構え、ヘルダインへと撃ち放つ。

「ッ……！」

対し、一手後れを取ったヘルダインも咄嗟に口笛を吹いて指示を出し、台車を引いていた上位純竜を前面に出す。

盾となった上位純竜は、サブマシンガンの掃射を生来の防御力とダメージ減算スキルで受け切った。

直後に、上位純竜の姿が消える。《送還(そうかん)》によって【ジュエル】に戻ったのだ。

消えた肉壁(にくかべ)の先に見えたのは、形態変化で小型化したフェンリルを馬上槍(やり)のように構えたヘルダイン。

「――シュウ(shoot)!!」

即座(そくざ)に反撃(はんげき)態勢を整えたヘルダインは、至近距離からイゴーロナクを砲撃した。

小型化して射程距離が落ちたとしても、防御無視の特性は健在。

イゴーロナクへの二撃目もまた、その胴体に風穴を開けて、四肢(しし)を千切れさせる。

人であれば即死、機体であれば大破。

それほどのダメージを受けたイゴーロナクは砕け散り、

『――再起動』

――即座に完全復活したイゴーロナクが攻撃を再開する。

「チィ……！　こいつもか！」

ヘルダインが舌打ちする。パワードスーツかロボットかも不明だが、眼前の手合いが仮面の男(スプレンディダ)の同類だと察したためだ。

そう、超再生(ちょうさいせい)――個人生存型のビルドだと。

イゴーロナクはスプレンディダよりも遥かに攻撃手段、機動力に富んでいる。

個人戦闘型として十分な戦闘力に、回数不明の戦闘復帰能力(リスポーン)が付随(ふずい)しているのだ。

それこそ、〈超級(スペリオル)エンブリオ〉であっても可能なのかと言うほどに力が足り過ぎている。

「フェル！　散弾(さんだん)式だ！」

ヘルダインの言葉に応じ、砲身(ほうしん)の形状が変化して至近距離用の散弾をばら撒きはじめる。

対応してイゴーロナクは武装をサブマシンガンから大型のシールドへと切り替え、ヘルダインへと放り投げる。

「ッ！」

イゴーロナクへの射線を切る目(め)隠(かく)しであり、圧殺さえも容易なサイズのシールド。

迫る脅威(きょうい)を、ヘルダインは連射によって粉砕する。

その隙に、再びイゴーロナクの姿はかき消え、死角から長槍を突き出す。

ヘルダインは身を翻(ひるがえ)し、辛(かろ)うじてそれを回避する。

空中で体勢を変えて防御無視砲弾(ほうだん)を撃ち放つが、奥義の乗っていない砲撃を今度はイゴーロナクも回避する。

一進一退。戦闘において、クロスレンジの両者はほぼ互角と言える。

だが、ヘルダインは【ブローチ】と自身のＨＰしか拠り所がないのに対し、イゴーロナクはあと何度立ち上がるかも分からない。

このままではジリ貧だと、ヘルダインは察した。

それでも、彼はここで引くわけにはいかない。

「オーナー！」

「俺が抑える！　残る全メンバーで竜車の積み荷と御者を確保しろ！」

フェンリルを構え、イゴーロナクとの戦闘を継続しながらヘルダインが吼える。

そして……。

「皇都にドラッグを流そうとするギャ、ャ、ャング共を逃がすなよ！」

『────』

ヘルダインの言葉の直後に──イゴーロナクの動きが止まった。

まるでコントローラーの操作がなくなったゲームキャラクターのように、イゴーロナクは直立姿勢で停止している。

「……？」

ヘルダインが不審に思い、警戒していると……。

『『『『今なんて言った？』』』』

イゴーロナクのものではない複数人の声が、イゴーロナクから聞こえた。

そんなヘルダインとイゴーロナクの様子を遠目に見ながら、……スプレンディダは『やっぱりそういうことかぁ』と納得していた。

◆

数分の後、スプレンディダとイゴーロナクはヘルダインの前で土の上に正座していた。

ひどく分かりやすい謝罪姿勢である（なお、イゴーロナクが早々に正座し、スプレンディダはそれを見て『ジャッポーネのセイザ？』と真似した）。

「いやー、危うく悪事の片棒を担ぐところだったねぇ」

『…………』

全く悪いと思ってなさそうな声音で言うスプレンディダに対し、イゴーロナクは押し黙っている。

今回の一件の経緯について順を追って言えば、次のようなことだ。

皇国の反社会勢力がカルディナ経由で違法な薬品……所謂ドラッグを入手した。

今の鬱屈した皇国であれば捌きようはあり、末端価格も跳ね上がる。

そのまま運んだのではすぐに足が付いてしまうため、皇都へ人を運ぶ竜車に偽装して麻薬を輸送することにしたのだ。

しかし、その情報を皇国側も掴んでおり、ヘルダイン率いる第二位のランカークラン〈フルメタルウルヴス〉に麻薬の取り締まりと反社会勢力の拿捕を依頼した。

話が面倒になったのは、たまたまその竜車に皇王から招聘を受けたフリーの〈超級〉が二人乗っていたことだろう。

そうした説明をヘルダインから受けて、スプレンディダは得心した。

最初に御者が発した「野盗の襲撃」という言葉の違和感の正体が分かったからだ。恐らくは「皇国の臨検」とでも言おうとして、言い換えたのだろう。

『……公務の執行妨害を謝罪する』

イゴーロナクはその巨体でお辞儀しながら、ヘルダインに謝っていた。

イゴーロナクは御者達に雇われた護衛の〈マスター〉だった。

招聘されて皇都に向かう道中であったため、ちょうどいいと依頼を受けたのである。

そして、彼らが反社会勢力であることを知らぬまま〈フルメタルウルヴス〉と交戦した。

『人と荷を運ぶ竜車の護衛をお願いしたい』だとか、『荷は皇都で使う薬品です』と言われても嘘ではないため、《真偽判定》が反応しなかったらしい。

御者の発言に関しては、なぜか聞こえていなかったようだ。

「幸いにして、人的被害は〈マスター〉だけだ。問題はない。……まぁ、この分の貸しは王国との戦争で返してもらおう」

スプレンディダとイゴーロナクはそれぞれ皇王からの招聘の手紙を見せつつ、証言で身の潔白……ではないが故意の妨害ではないことは証明したため、ヘルダインもこのことの責任を問うつもりはなかった。

今回の拿捕では〈フルメタルウルヴス〉の〈マスター〉がデスペナルティになった以外、死人は出ていない。

反社会勢力は全員拿捕されている。無理に逃走しようとした御者のために横転した竜車もあったが、乗客に怪我人はいても死人はいない。治療も済んでいる。

なお、竜車の横転で一番の重傷者は首が折れたスプレンディダである。

スプレンディダが庇った女性は目覚めた際に「首が、首が……」と混乱しており、完治した全裸のスプレンディダが姿を見せたときに再度気絶したのは……まぁ些細な話だった。

トラブルはあったものの〈フルメタルウルヴス〉は無事に目的を達成し、竜車の乗客も彼らに護衛されて皇都に向かえることになった。

ヘルダインも巻き込まれただけの無辜の乗客を荒野に放置する気はなかったらしい。

また、スプレンディダとイゴーロナクも、〈フルメタルウルヴス〉と共に皇都に向かうことになった。

招聘されたＶＩＰの護送と見るか、参考人の連行と見るかは判断が分かれるだろう。

「紆余曲折あっても無事に道行きは再開されたねぇ」

『…………』

フェンリルが載っていた台車に今は幌が掛けられており、そこがイゴーロナクを運ぶための竜車となっていた。

今は何故かスプレンディダもその隣に座っている。

「ところで、それはどこから、何人で運用してるんだい？　〈不退転〉ってパーティ名？」

『……何のことかな』

戦闘を見物していてイゴーロナクの仕組みに当たりをつけたスプレンディダの質問に対

し、イゴーロナクは白を切った。

スプレンディダはその反応に大袈裟に残念がるジェスチャーをしながら、『まぁ、ここで馬鹿正直に話されても、逆に心配だけどね。〈戦争〉とか』と思考する。

（ミーとイゴーロナク。あえて生存特化の〈超級〉を招聘かぁ。今度の〈戦争〉は、普通の戦争とは違うのかな？）

自分達の招聘も含め、皇王が〈戦争〉においては何らかの勝ち筋を用意しているとスプレンディダは察した。

（何でもいいけどね。それならば、見どころを最前列で見物できるだろうし）

観光目的の〈超級〉……不死身の観覧者はこれからのイベントに思いを馳せる。

「ふふふ……」

『…………』

なお、楽しげに含み笑いする彼を、隣のイゴーロナクが気味悪そうに見ているのには気づかなかった。

幕間 〈トーナメント〉七日目と八日目

□■決闘都市ギデオン・中央大闘技場

〈トーナメント〉：七日目。
名称：不明（推定できず）。
能力特性：短距離ワープ（推定）。

この日、ギデオンでは〈トーナメント〉がついに七日目に突入していた。
前日の試合後に〈UBM〉が逃げるという異常事態はあったが、今日も予定通りに〈トーナメント〉は開催されている。
本日の賞品も五日目ほどではないが戦闘で有用と目されているため、参加者の質は高い。

そんな七日目の〈トーナメント〉に、〈デス・ピリオド〉から出場するメンバーは……。

「ついにボクの出番が来ましたねー」

怪(あや)しいグラサン女性……マリー・アドラーである。

隠密(おんみつ)系統超級職【絶影(デス・シャドウ)】に就(つ)き、〈超級殺し〉の二つ名で噂(うわさ)される有力PKである。

もっとも、彼女(かのじょ)がそうであることはクランメンバーや一部の人間しか知らないが。

「とはいえ、今日はレイさんやふじのんちゃん達、鎧(よろい)のあんにゃろうは学校ですし、ルークきゅんも準備で忙(いそが)しいんですよねー……」

会場の警備を担当しているシュウやハンニャはいるが、マリーと仲の良い面々は不在なので彼女のテンションは下がっていた。

「勉学優先は仕方ないですけどねー。スポーツでも何でも、優勝する瞬間(しゅんかん)はリアルタイム視聴推奨(しちょうすいしょう)なんですよ？」

既に優勝を見据(みす)えた、捕(と)らぬ狸(たぬき)の皮算用とでも言うべき発言。

しかし、彼女にはその言葉を発せられるだけの自信があった。

マリーは〈超級〉を除けば、〈デス・ピリオド〉……いや、王国でもトップクラス。

『何でもあり』ならば彼女は大抵(たいてい)の敵を殺すだろう。

まして、王国の〈超級〉はこの七日目には出場しない。レイレイは一日目、扶桑月夜(ふそうつくよ)は五日目、フィガロは最終日、そして他の二人は警備担当だ。

〈超級〉以外でも、王国最強のＰＫであるカシミヤは六日目。ビースリーと狼桜(ローザ)は二日目。

ジュリエットをはじめ、決闘ランカーとして知られる者達の多くも別日に出場している。

マリー自身の実力と、強敵の多くが欠けた〈トーナメント〉七日目。

自身の優勝を確信しても不思議はない。

「ちゃっちゃと優勝させてもらいましょうかねー」

そうして、〈超級殺し〉マリー・アドラーは〈トーナメント〉に挑(いど)み……。

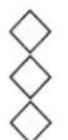

□【呪術師(ソーサラー)】レイ・スターリング

大学から帰宅した後にログインして、今日は内部時間で〈トーナメント〉八日目。

今日の試合、うちのクランからはふじのんが出ている。

自分の魔法(まほう)を複製する〈エンブリオ〉を持つふじのん。

今回の賞品の〈ＵＢＭ〉は分身を作る能力らしいので、上手(うま)くすればさらに倍の魔法コピーができるのではないかと目論んでいるらしい。

「ふじのんって魔法職なのに脳筋ですよね！」

「……え？　イオちゃんがそれ言う……？」

「まぁ、魔法職自体が火力担当みたいな部分あるからのぅ」

【紅蓮術師】の《クリムゾン・スフィア》とか上級奥義でも特に威力が高いからよく使われている印象だ。……なんか使った側が倒されてる光景をよく見るけど。

「ともあれ、ふじのんは無事に予選を突破したみたいだな」

これで彼女の試合を観戦することができる。

全日程の分を予約してあるボックス席にて、ネメシスやイオ達とふじのんの試合を待つ。

「ふふふ……ふじのんさんはすごいですねー……」

……いや、正確にはもう一人いる。

「もう免許皆伝ですよ……。でも、ボクの免状なんか要らないかなぁ……」

俺の横で俯きながら座るまっくろくろすけ……恐ろしくテンションの低いマリーである。

「先生ドンマイ！　一回戦負けだからっていつまでも落ち込むことないですよ！」

「イオちゃん⁉」

マリーを挟んで反対側にいたイオがマリーの肩を叩きながらそう述べ、その更に隣では友人のデリカシーない発言に霞(かすみ)が驚愕している。

しかし……うん、まぁ、そういうことだ。

うちのクランでも〈超級〉を除けばトップの実力者であるマリー。

彼女はうちのクランで現在唯一(ゆいいつ)の……一回戦敗退である。

「……優勝者と当たったんだから気にすんなよ。俺もそうだし」

マリーは一回戦で七日目の優勝者となる相手に当たってしまったのである。

予選なので観客も入っていなかったが、恐らくはその試合がベストバウトだっただろう。

なお、マリー本人から聞いた試合の顛末(てんまつ)は次のようなものだ。

◇

マリーが一回戦で当たった相手は、【嵐　王(キング・オブ・ストーム)】ケイデンス。

ケイデンスは王国第四位クラン〈ウェルキン・アライアンス〉のオーナーであり、王国の準〈超級〉の中でも五指に入ると噂される実力者だ。

近距離最強のカシミヤ、遠距離最強の【光　王(キング・オブ・シャイン)】、従魔(じゅうま)最強のキャサリン金剛(こんごう)らと並ぶ実力者であり、広域殲滅(せんめつ)能力において〈超級〉……【破　壊　王(キング・オブ・デストロイ)】にも匹敵(ひってき)するとされる。

なお、五指に入ると述べたが最後の一人はマリー……〈超級殺し〉だ。

『何でもあり』の奇襲・対人戦においては彼女もトップクラスである。

では、そんな彼女がどうして一回戦で負けたかと言えば……〈トーナメント〉が『何でもあり』からは程遠いためだ。

まず、向かい合ってヨーイドンで始まるので奇襲も何もない。事前に気配を消すことも分身を出すこともできず、不意もつけない時点で隠密スタイルが死ぬ。

極めつけは【絶影】の奥義であり最強の回避手段である《消ノ術》。あれは使った時点でこの世界から完全消失するために、結界が死亡判定してしまう。

同格の相手に得意戦術も切り札も封じられた状態で挑むことになったのである。

それでも、マリーは優れたＡＧＩや戦闘中の影分身、アルカンシェルだけでも〈トーナメント〉に勝つ公算はあったのだろうが……今回の場合、相手が強かった。

風属性魔法の超級職であるケイデンスは開始直後に結界内を嵐で満たした。

それは気象現象の風ではなく、物理破壊を伴う魔風。

風の流れは結界によって外部に拡散されることなく、内部を攪拌した。

決闘の舞台は彼のミキサーと化し、物理破壊を伴う魔風の前にマリーの生み出した影分身は即座に破壊されていく。

マリー自身は風の流れを読み、その動きに合わせて自ら動くことで被害を最小限に抑えたがダメージをゼロにはできずにジリジリと消耗。

更には相手が嵐の中に毒を混ぜていたために身体を蝕まれ、継続ダメージが加速。

最後は起死回生の一手で必殺弾を撃ち込もうとしたタイミングであちらが準備していた舞台全体を粉砕する大魔法を受け、マリーは回避することができずに敗北した。

「結界内全部に攻撃判定とかどうしろってんですかよー……」

「先生がこないだのイオちゃんみたいになってる……」

一矢報いることもできずに負けたのはマリーにとっても凹む出来事だったらしい。

気持ちはとても分かる。

「マリーは相性とルールに負けた形だのぅ」

「そうだな」

最後の攻防、《消ノ術》があれば無傷でやり過ごしてから必殺弾の反撃もできたはずだ。

なにせ、かつては〈ノズ森林〉で兄のバルドルから逃げきっている。

しかし、その切り札が使えない状態のマリーにとって、兄と同等の広域殲滅を放つケイデンスはとびきり相性が悪かったと言えるだろう。

だが、ケイデンスの実力もまた恐ろしい。

舞台上に嵐を巻き起こしながら、それを上回る威力の魔法を準備していたのだ。

地力か、〈エンブリオ〉によるものかも不明だが、恐ろしく巧みな魔法技術だ。

あの【光王】と同格の魔法職というのも頷ける。王国の〈超級〉全員と知り合いになったが、〈超級〉以外の実力者もまだまだいるのだと改めて感じた。

「でも先生、予選負けしてよかったですね。〈超級殺し〉の看板に傷つきませんし」

「よかった……よかったんですかねこれ？　まぁ、マリー・アドラーと〈超級殺し〉が結びついてない人間が大多数ですけど。……知ってるビースリーからは煽られましたね」

先輩……。まだ奇襲ＰＫ仕掛けられたこと根に持ってたんだろうか。

……いや、これは単純に性格の不一致だな。

「そ、そういえば、先生って何で〈超級殺し〉と呼ばれるようになったんですか？」

霞の質問に、マリーではなくイオが首を傾げる。

「え？　先生が〈超級〉じゃないのに〈超級〉を倒したからでしょ？」

「で、でもオーナーも〈超級〉を倒してる、よ？」

たしかに俺もフランクリンや【魔将軍】を倒してはいる……が。

「俺はソロで倒した訳じゃないからな」

フランクリン戦はこの場にいる三人も含めたみんなの力があっての勝利だし、【魔将軍】戦もベルドルベルさんが相手の戦力を削ってくれていなければ勝てなかっただろう。

「マリーはソロで倒してるから、そこの違いだろ」

指名手配されるような恐ろしい〈超級〉をソロ討伐したからこその〈超級殺し〉の二つ名。俺はそう思っていたが……。

「んー……」

当のマリー本人は何やら難しい顔をしていた。

「マリー？」

「いえ、たしかに『一人』で倒したんですけども、何と言ったものか……」

何やら、奥歯に物が挟まったような言い方だ。

「それと経緯についても、ソロかどうかはそこまで重要じゃないですしねー」

「？」

疑問符を浮かべる俺達に対し、マリーは何かを思い出し……表情に疲れを見せる。

「ボクが〈超級殺し〉の二つ名で呼ばれるのは……倒した奴の印象がそれほどに大きいからです。〈超級〉の中でも飛び抜けて、ね」

マリーが倒した〈超級〉……【疫病王】、だったか。

「三人がデンドロを始める前の時期でしょうからピンとこないかもしれませんが、【疫病王】事件は〈Infinite Dendrogram〉内でも屈指の大事件だったんですよ。それこそ、【グローリア】事件と並ぶくらいに」

「え？」

それはかつて王国を襲った最強の魔竜の銘。

王国に甚大な被害を齎し、兄達……王国の〈超級〉が総出で倒した〈SUBM〉。

それに比肩するようなことを……一人の〈マスター〉が？

「事件の概要は〈DIN〉が発行した新聞のバックナンバーに載ってますよ。バックナンバーは第八闘技場の書庫にボクが放り込んでおきましたので。気になったならどうぞ」

「あ！〈DIN〉って新聞社としても活動してるんでしたね！」

「愛闘祭のときに『ドキキャハ』というツッコミ所しかない名前の企画をやっていたことしか印象にないがのぅ……」

「そっちも既にちょっと懐かしいですねー。まぁ、今は昔話よりふじのんちゃんの応援ですよ。そろそろ本戦開始で……あ、ふじのんちゃんは第一試合みたいですね」

話している内に少し気が紛れたのかマリーはそう言って観戦を促した。

「お！　トップバッターじゃん！　ふじのんがんばれー！」

「あ、ふじのんの対戦相手、ライザーさんだね……」

「え⁉　マジで！　ライザーさんがんばってー！」

「イオちゃん……」

イオが速攻で応援相手を友人から推しに切り替えていた。

聞くところによると、先の王都襲撃事件で共闘してからファンになったらしい。

……たしかにイオは好きそうだよな、ライザーさんのバトルスタイル。

「…………」

俺も舞台へと視線を移してはいた。

だが、頭は【疫病王】事件についての思案を続けている。

かの【グローリア】にも匹敵する災害を……〈マスター〉が引き起こした。

戦争や通常の犯罪行為とは、訳が違う。

何が起きて、何故起きたのか。

それを……〈マスター〉は知らねばならない気がした。

エピソードV・前　【疫病王】事件

□二〇四五年二月

〈Infinite Dendrogram〉には、七大国家と呼ばれる国々が存在する。

騎士(きし)の国、アルター王国。

機械の国、ドライフ皇国。

武仙帝国(ぶせんていこく)、黄河(こうが)。

刃(やいば)の国、天地。

妖精(ようせい)郷、レジェンダリア。

商業都市連合、カルディナ。

海上船団、グランバロア。

〈マスター〉は例外なく七大国家のいずれかを初期のスタート地点として選ぶことになるが、それはこの七つしか国がないという訳ではない。

そうであれば七大国家ではなく、単に七国家と呼ばれていただろう。

この世界には七大国家以外にも幾つかの小国が存在し、それらの国は概ね辺境か七大国家の国境に面している。過去の歴史において獲得する意味がなかったか、獲得しない方が良いために放置された国々だ。

前者の代表例は、〈厳冬山脈〉の只中にあるとされる秘境だ。

国の名前すら周知されていない小さな国。

常に氷と雪、そして獰猛な地竜と怪鳥の脅威にさらされる地獄の如き環境にあるとされる小さな国。書物には「ある」と明記されていたが、これまでの歴史で七大国家が足を踏み入れたことはない。

なにせ、侵略しても何の旨みもない。作物は育たず、鉱物資源が取れるかも分からず、さらに地竜を刺激すれば遥か昔のカルディナ北部の二の舞である。

ゆえに、彼らの存在は無視されている。

ただ、〈マスター〉が増加してからは、探検そのものを目的として秘境を目指した〈マスター〉達がいる。

彼らの多くは想像を絶する環境に撤退やデスペナルティを余儀なくされたが、ごく一部は秘境に辿り着いたという噂もあった。

だが、そうであっても……七大国家にとっては意味のない存在である。


反対にどこの国もその存在を認知しているが、しかし制圧していない国もある。

それらは、三つ以上の七大国家の国境に存在する都市国家だ。

一つの都市と付随する小さな村落だけの国であり、合わせても七大国家の一都市程度かそれ以下の国土しかない小国。

軍事力は極小であり、戦争になれば確実に七大国家に奪われる。

だが、そうはなっていない。

なぜならば、奪うメリットよりも奪わないメリットが勝るからだ。

国境の小国を獲得すれば、自然と他の七大国家と接することになる。

小国の位置が二つの国の間ならばまだしも、三つとなると話がさらにややこしくなる。

そこに侵攻した時点で、二つの国と同時に敵対する恐れがあるからだ。

であれば、わざわざ猫の額のような領土を制圧して他国を刺激するよりも、放置していた方が国益になるというものだった。

メイヘムという小国も、そうした国の一つだった。

アルター王国、レジェンダリア、カルディナの三国の領土の境にある小国の一つで、牧歌的な風景の農業国だった。

国の領土自体は広くなかったが、地属性魔法や錬金術を用いた農業で食料自給率は一〇〇％を優に超えており、余剰分を周辺三国に輸出して外貨を稼いでいた。

メイヘムは【覇王】による支配が崩壊した数百年前から続く国であり、〈マスター〉の増加によって世界に変化が見られてからもこの国は変わらない。

また、〈マスター〉達もこの国に立ち寄りはしても、居つく者はほとんどいなかった。

というより、居つくことが難しかったとも言える。

メイヘムを始めとした小国にはセーブポイントがないためだ。

七大国家が七大国家として特筆される理由は、国土と国力の大きさだけではない。

必ず国内にセーブポイントを有する都市や村を含んでいるのだ。

対して、小国は村どころか首都の街にさえセーブポイントがない。

それゆえ〈マスター〉のホームタウンたりえない点も、小国の小国たる由縁。

しかし逆を言えば、セーブポイントの環境改善効果がなくともメイヘムのように農業的に恵まれた土地であるということなので、そう悪いことばかりではないのかもしれない。

同様にモンスターによる被害もさほどなかったので、動乱の大陸においては安寧の中にあったと言ってもいい。

彼らは、自分達はずっとそうして生きていくのだろうと思っていた。

生きていけるのだろうと思っていた。

「……退屈だなぁ」

穏やかな晴れた日、一人の少年が草原の中の小高い丘に座りながらそんなありふれた言葉を呟いた。

少年は、マールという名前だった。

彼はメイヘムに属した村落にある牧場の次男であり、今年一〇歳になったばかりだった。

彼は今、牧場で飼育している羊型のモンスター【コットン・シープ】を放牧し、草を食ませている。家業の手伝いであり、彼にとってはいつものことだ。

彼の傍らには家で飼っている亜竜級モンスターの【デミドラグハウンド】が、伏せたまま眠っている。以前に彼の父がカルディナの行商人から購入したテイムモンスターであり、牧場の牧羊犬代わりである。

睨みを利かせれば【コットン・シープ】は言うことを聞くし、野生のモンスターに襲われてもほとんどは蹴散らせる。そうそういないが羊ドロボウでも同じことだ。

厳めしい名前と顔付きの【デミドラグハウンド】だが、危険も仕事もない今はマールの隣でぐうぐうと眠っている。それでも、羊がどこかに逃げ出そうとすればすぐに起き上がり、それを制するのだろう。よく躾けられ、そして懐いていた。

「退屈だなぁ……」

マールは同じ言葉を繰り返す。

彼はいつもそう言っては憂鬱な気分になる。

これからもずっと家業を手伝い続けるのだろうと思っている。

しかし、次男の彼は家を継ぐこともできない。家の手伝いを一生続けるか、どこか男兄弟のいない牧場か農家に婿入りすることになる。

「大きな国では、とてもすごいことが起きているらしいのに……」

彼が住むのは小さな村だが、時折やってくる商人や吟遊詩人が七大国家で起きた出来事を村民に伝えてくれる。

それは七大国家で発行された新聞であったり、吟遊詩人の歌であったりだ。

マールにとって、それらは本当に驚くべき話だった。

海上に浮かぶ国を襲う、巨大な白い鯨の怪物。

王国を蹂躙した、黄金の三つ首竜。

皇国で巻き起こった、新たな皇王を決める内戦。

そして、王国と皇国の戦争。

大人達や女の子達は恐ろしいと怯えていたけれど、マールはその話に興奮していた。

だって、それらの恐ろしい物語は、英雄とセットだったから。

白い鯨を討ち果たした、爆炎の〈マスター〉。

黄金の三つ首竜を倒した、三人のトップランカー。

内戦と戦争で他に比類なき活躍をして、流星までも砕いた巨大な獣。

そんな英雄達の話を聞いて、マールは「自分もそんな風になりたい」と思った。

けれど、彼は〈マスター〉ではなくティアンに過ぎず、どうすれば〈マスター〉になれるかも分からない。……ティアンは決して〈マスター〉になれないということも知らない。

子供だからジョブにも就いていないし、英雄になれる才があるかも分からない。

(……きっと僕じゃ無理なんだろうな)

彼は「英雄になりたい」とは思っていたが、根拠なく「なれる」と思うほどに子供ではなかった。それゆえに、余計に考えてしまう。

英雄達の波乱万丈の世界と、代わり映えのしない自分の日常。

英雄のように生きたい夢と、そうはなれない現実。

比較すればしただけ、マールは悲しくなってしまう。

『自分の未来はなんて狭いのだろう』……と。

「……そろそろ帰ろうかな」

羊がお腹いっぱいになった頃、マールは立ち上がった。

そうして、マールについていくように羊を誘導する。

【デミドラグハウンド】も起き上がり、一声吼えてから羊達へと駆け出した。

テイムモンスター同様に【ジュエル】に仕舞えばこんな手間をかける必要はないけれど、羊達は普段から【ジュエル】に入れているわけではない。

そもそも、テイム自体をしていない。

なぜなら、数が多すぎる。何十匹もの羊達をパーティ枠やキャパシティで管理するのは、非戦闘員には難しい。

だから、テイムして【ジュエル】に入れるのではなく、自然に飼い馴らして牧場に入れている。野生扱いなので、死んだときにアイテムをドロップするのもお得だ。

この手法を伝えたのは、ずっと昔のファーム・キャットという人物らしい。先々期文明崩壊後、世界中に新しい牧畜の知識を伝え広めた偉人だ。

マールは『その人がいなければ、僕もこんな退屈なことを続けなくてもよかったのかな……』と八つ当たり気味に思ったりしていた。

マールが羊達と一緒に村に帰ると、村はなんだか騒がしかった。

けれどみんな慌てている様子はなくて、驚いて、そして嬉しそうだ。

行商人や吟遊詩人が来たときに似ているな、とマールは思った。

「お！　マール！　遅かったじゃないか！」

帰ってきたマールに気づいた三つ上の兄が、興奮した様子で話しかけてきた。

「どうしたの、お兄ちゃん？」

「村にお客さんが来たんだけど、すごくて！　すごいんだよ！　特別なんだよ！」

何がすごくて特別なのかさっぱり分からない。

兄は興奮しすぎて肝心の内容が中々口から出て来ない様子だった。

「何がすごいの？」

「だからな、来たんだよ！　すごい人が！」

だからそれが誰(だれ)なのかと聞きたいマールに、兄はようやく少し落ち着いて、こう言った。

「――【勇者(ゆうしゃ)】様が来たんだよ！」

――それはたしかに『特別』だった。

◇

【勇者(ヒーロー)】。

それは、ティアンにとっては特別な意味を持つ。

伝説に幾度(いくど)となく登場する特殊超級職(とくしゅスペリオルジョブ)の一つであり、絶大な力を持つ者だ。

【勇者】は、生まれたときから【勇者】として生まれてくる。

剣(けん)を振(ふ)るい、魔法を使い、様々な技術に精通する。

『できないことがない』という万能(ばんのう)の才の持ち主だと言われている。

そして、【勇者】は生まれる家系を選ばない。

【聖剣王(キング・オブ・セイクリッド)】や【機皇(インペリアル・マシン)】、【聖女(セイント)】や【龍帝(ドラゴニック・エンペラー)】のように限られた血統から生まれるのではなく、万民(ばんみん)の赤子の誰かが『特別』な存在……【勇者】として生まれてくる。

誰でもそのように生まれる可能性がある。

ティアンの平民にとっては——一部貴族にとっても——希望のような存在だった。

それゆえ、マールの住む村も偶然立ち寄った【勇者】を快く歓迎した。

村に唯一ある講堂に並べられたテーブルには料理が所狭しと並べられ、歓待の宴が開かれていた。

マールもまた他の村人同様に宴に参加し、【勇者】の話を真剣に聞いていた。

「ほう！　では【勇者】様は天地からはるばるとこのメイヘムまで！」

「はい。修行と見聞のため、大陸の西の果てへと向かう旅路の途上です」

マールの村の村長の家に逗留することになった今代の【勇者】。

彼は、まだ二〇歳にも満たない青年だった。

長い黒髪を後ろで束ねた青年は名前を草薙刀理といい、天地の出身であるそうだ。

極東の天地から、大陸の西側にあるこの村まで。

それはマールには想像もできないほどに長く、壮大な旅だ。

「西の果てに辿り着いたらどうするの！」

「そうしたら、今度は南に回ってレジェンダリアへ。それも済んだら……〈厳冬山脈〉に向かおうと思っています」

子供の問いかけにも丁寧に答える【勇者】。

彼の言葉に、村人達は「おぉ」と感嘆の声を上げた。

彼は正に勇者だった。常人であれば不可能と思えるような旅も、彼ならば踏破してみせるのではないかと期待できる。

「ねえねえ！　これまではどんなところに行ったの！」

「砂漠は！」

「海はー！」

「ええ、それではお話ししましょう。まず、天地を出た私は……」

冒険の話をせがまれるのはよくあることなのか、彼は慣れた様子で話し始める。

彼の話す物語は、マールの村の人々が目にしたこともないものばかりだった。

天地を出てすぐ、大陸との〈狭海〉で遭遇した中身のない鎧武者。

黄河の山中で出会った、身一つなれど凄まじい技量の武芸者。

カルディナの砂漠で目にした、地を揺らし、天を覆う巨大な魔法。

戦いの話だけでなく、〈狭海〉を渡り終えた後に振り返った故郷への海路が美しく見えたことや、黄河の山々の雄大さ。

また、旅の途中で一匹のドラゴンに出会い、テイムして共に旅をするようになったことを話した時は、子供達が「見せて見せて！」とせがんでいた。

それら全ての話は、彼の優れた語り口で目に映るように伝えられた。

あるいは、【吟遊詩人】の才も【勇者】にはあるのかもしれない。

しかし不思議なことに、彼の話は戦った相手や目撃した現象を称賛するものばかりだった。自分自身の活躍を喧伝するのではなく、自分が旅の中で目にした素晴らしいものについて語っている。

ただ、彼の語りは本職の吟遊詩人よりもなお臨場感に溢れ、聞く人々の心を震わせていたので、彼の語る話に文句をつけるものなど一人もいなかった。

そうして村人の殆どが満足して、宴もたけなわというところで宴はお開きとなった。

「…………」

『特別』な一夜を経験した村人が幸せそうに家路につく中、マールだけは不満そうな顔で講堂を後にしていた。

◇

「……ッ」

家に帰って寝床（ねどこ）に入ったマールは、しかし眠れずにいた。

頭の中がグチャグチャして、お腹の中がムカムカして、とても眠れない。

マールは、羨（うらや）ましかったのである。

自分とはまるで違（ちが）う、【勇者】草薙刀理。

彼の生まれ持ったジョブだけではない、丁寧に相手と話す物腰（ものごし）も、これまで辿ってきた道筋も、マールの考える英雄そのものだ。

今までは、伝え聞くだけだった英雄。

そんな『特別』が実際に目の前に現れたとき、自分との違いに……泣きそうになった。

「…………」

このままベッドの中に入っていても、無駄（むだ）に嫌（いや）な汗（あせ）をかくだけだと思った。

だから、二段ベッドの上に眠る兄を起こさないように床を出て……そのままこっそりと家を出た。

夜風に涼（すず）みながら、マールは家の周りを散歩していた。

少しでも、気持ちを落ち着けたかったから。

幸いにして、今日は月と星のどちらもが輝いていて、夜闇の中の彼を照らしてくれていた。

何となく歩き続けて、村の川にかかった小さな橋まで辿り着く。

「……あれ？」

するとそこに、自分同様に星明りに照らされる人影を見た。

『村の人はもうみんな寝ているはずなのに』と思ったが、今日は【勇者】がやってきた『特別』な日だから、お酒でも飲んで夜更かしした誰かかも知れないと思った。

酔って川に落ちたら危ないから一声かけようかな、とか。

夜に出歩いているのを見つかって怒られるかな、とか。

そんなことを考えながら人影に近づくマールだったが……近づくにつれて人影が酔っ払いでも……村人でもないことに気づく。

「……【勇者】様？」

「おや？」

橋から夜の川を眺めていたのは、この村に来た『特別』……【勇者】草薙刀理だった。

「君は、講堂でも見た子ですね。こんな夜更けにどうしましたか？」

マールのような子供しかいない場でも、彼は丁寧な言葉遣いを崩さなかった。

「……お散歩」

「はは、私もです」

複雑な顔でマールはそう返したが、彼は笑ってそう言った。

「とても綺麗な風景なので、散歩したくなりました」

マールにとっては見慣れた風景も、特別な人には違って見えるのだろうかと……ほんの少しだけ暗い感情で思った。

「…………」

「……少し話をしませんか？」

そう言って、彼はマールを手招きする。

マールは躊躇ったが、『【勇者】と二人きりで話す』というのはきっと彼の平凡な人生に降って湧いた『特別』なことだと思った。

だから頷いて、彼の傍へと近づいた。

「…………」

「…………」

そうして、二人は並んで夜の川を見下ろす。

【勇者】は何も言わない。マールが何か言うのを待っているようだった。

あるいは、「話をしよう」と誘ったのも、こんな夜中に一人出歩いていたマールを心配し、気に掛けたからかもしれない。

そんな彼に対し……根負けしたマールは言葉を発した。

それは、小さな愚痴のようなものから始まった。

毎日が同じことの繰り返しで、退屈なこと。

村の外では物語のように劇的なことが起きているのに、村では何もないこと。

自分が平凡な子供に過ぎないことを話したときは、少しだけ【勇者】である彼への嫉妬も交ざった。

やがて、昼間に羊の放牧をしながら考えていたこと……自らの未来の狭さへの嘆きまでも口にしていた。

「………………」

マールの話を、彼は静かに聞き続けた。

「……【勇者】様って、『特別』なんだよね？」

「そうですね」

ポツリと零した言葉に、彼は頷いた。

「【勇者】というのは、才能の器です」

「うつわ?」

「【勇者】のスキルは、《万能(オールマイティ)》。全ての下級職と上級職に適性を持ち、それらを一〇〇ずつ取得できるスキルです。加えて、それら全てのサブジョブのスキルを使える《全連結(フルリンク)》というスキルもあります」

「え!?」

その言葉に、マールは驚いた。

下級職は六つ、上級職は二つ、それが限度だと大人達から教えられている。

それだって才能がある人の話で、才能のない人はもっと少なくなる。

就(つ)けるジョブだって、適性によって限られる。

だから、彼の述べた数は……ありえない。

「……ジョブも、何でも?」

「何でも、です。今の下級職は八〇以上。上級職は……条件をクリアしなければ就けないから八ですね。下級職は就いただけのものがほとんどなので、合計レベルは一〇〇〇を超えた程度ですが」

「そんなの……」

そんなの、ずるい……とマールは思った。

人の何十倍も、どんなジョブにでも就けるなんて……僕達とは違いすぎてずるい、と。

生まれたときに【勇者】かそうじゃないかで、全然違う。

人生が始まった時点で、絶対に埋められない差がついてしまっている。

「そうだね、ずるい」

【勇者】は……刀理はマールの心の声を読んだかのようにそう言った。

あるいは、彼が修めたジョブの中にはそうしたスキルも備わっているのか。

ただ、彼の言葉遣いは、それまでよりも少しだけ砕けていた。

「破格の才だ。【勇者】とは何事も可能で、レベルだってどこまでも高められる。何でもできる。生き方を自由に選べる」

「………」

彼の言葉が自慢のように聞こえて、マールは不愉快だった。

しかし、続く言葉に……驚いた。

「けれど、天地にいた頃の私に『何でも』はなかったし、選べる生き方もなかったんだ」

「え？」

思わず、顔を見た。

マールに語りかける刀理の顔は、どこか寂しそうだった。

「私の故郷……天地は常に内乱を続けている国だ。大名同士の争いだけでなく、武人一人一人も争っている。自らを高めるため、そして自らの力を証明するために他を殺し続ける国。人を殺すのが最も簡単に強くなれる手段だと知っているから。強くなるために人を殺すし、強いというだけで殺される。修羅の国とも、人は言う」

マールも知っている。

ずっと遠い国だけれど、戦士の国だと聞いている。

マールはその情景を夢想して、胸を高鳴らせたけれど。

「私は幾度も命を狙われ、……逆に奪ってきた」

刀理は、違うようだった。

「殺し合いを否定するわけではないけど、それだけではあまりにも……『未来が狭い』」

「……え？」

その言葉は、自分の中にもあるものだ。

「私が偶然にも生まれ持った【勇者】の力。何事も可能とする力。しかし、天地にいたままでは力の使い道も、私の未来も、一つしか見えない。戦い続ける修羅の道しかないんだ。『特別』な存在でも、未来を選べない」

「…………」

自分とは違う『特別』な存在……刀理が自分と似た悩みを抱えていることに、マールは気づいた。

「私は……それが嫌だった」

夜空を見上げながら、心を零すように刀理はそう呟いた。

「だから、国を出た。修行を重ね、世界を巡り、それらの経験を経て故国へと帰れば……かつては見えなかった未来が見えるかもしれないと思っていた」

それは他の者同様に修羅の道かもしれないし、あるいは真逆の道かもしれない。

「思っていたって、今は？」

「……今も分からないさ。私の旅路はまだ途中だから。いつか答えを見出して、自分の生き方を選ぶ日が来ると……今でもそう思っていたいけれど」

「………そっか」

マールが英雄に夢を抱いて胸躍らせたように、刀理も同じだったのかもしれない。

刀理は天地の外に思いを馳せ、外に出れば答えが見つかると思っていた。

けれど、彼が村人達に語ったように、天地を出ても戦いはある。

答えは、未だ見つかっていないのだろう。

それでも彼は旅を続け、自分の生き方を探している。

「…………」

平凡な子供に過ぎない自分と、誰よりも才能に溢れた刀理。

それでも、二人にはどこか似たところがあるのかもしれないと思った。

きっと刀理もそう思ったからこそ……自分の話をしたのだろう。

「明日」

「え？」

「明日、羊の放牧をするんだ。やったことがなかったら……来たらいいよ」

自分が彼にしてあげられること。

それは、彼がまだ試《ため》していない道を示すことかもしれないと考えての、提案だった。

「うん、必ず」

刀理は、マールの言葉に頷《うなず》いた。

その表情は、嬉しそうだった。

◇

その後も、一週間にわたって刀理は村に滞在《たいざい》した。

予定よりも長い滞在、刀理は村での牧歌的な生活をマール達と共に過ごした。

彼の故郷では味わえない穏やかな時間を、刀理は噛み締めていた。


それでも、ずっとはいられない。

今日一日を過ごしたら、明日には出発することになる。

この世界の旅は、【勇者】であっても危険な旅路。村を再訪できるかは分からない。

だから、この村での今日という日を、悔いを残さず過ごそうと思った。

「さて、今日は麦の収穫だったな」

この村での最後の体験、すっかり仲良くなったマール達との最後の思い出作りを楽しみに、刀理は借りている部屋を出た。

「おはようございます、村長」

「おお、刀理様。おはようございます」

村長の呼び方も『【勇者】様』から変わっていた。

それだけ、彼がこの村に馴染んだということだろう。

ただ、彼は少し困った顔で窓の外を眺めていた。

「どうしました？」

「それが、今朝の朝刊が届きません。いつもなら首都の新聞社から朝一番に届くのですが」

お手上げという仕草で村長はそう言った。小さな村なので新聞社の支局はなく、首都から隠密特化の怪鳥が新聞を運んでくるのだという。

「まぁ、配達の従魔が道を間違えたのかもしれませんし、朝刊自体が落ちることもあるのですけどね。ともあれ、刀理様もお目覚めになりましたし、朝食にしましょう」

冗談めかして笑いながら、村長は既に朝食の並べられたテーブルへと刀理を促した。

刀理も応じ、村長とその妻、子供達と共に朝食をとった。

朝食が済んだ頃、家の外から鳥の羽ばたきが聞こえた。

「おや、ようやくですな」

「？」

村長が「やはり朝刊が遅れましたかな？」と言いながら家の外に出る。

だが、刀理は違和感に気づいていた。

鳥の羽ばたきが、ひどく不安定で……呼吸音に奇妙な喘鳴が交ざっていることに。

「ひぃぃぃ……!?」

直後、新聞を受け取るために家を出た村長の、恐怖の声が聞こえた。

「ッ！」

刀理は瞬時に己の武具を《瞬間装備》・《瞬間装着》し、屋外へと飛び出す。

彼の感知系スキルに反応はなかったが、村長の反応はそう行動するに足るものだと考えたからだ。

結論を言えば、屋外に彼が戦闘装備を整えるような脅威はなかった。

『Ｇｉ……ｇｅ……ｇｙｕｉ……』

あったのは……血反吐を吐きながら錯乱したように羽ばたく一羽の鳥の姿。

脚に新聞社の名前を明記した鞄を括りつけたその鳥は、口から血を、翼から羽を零しながら地面へと墜落する。

そして間もなく、苦しげに鳴いて息絶えた。

血反吐も羽も、死骸諸共に光の塵になって消えていく。

「これ……は！」

鳥の脚に取り付けられた鞄は留め具が外れており、中から新聞紙が飛び出ている。

それらは、消えない血で汚れていた。

そして、その中に……文面を殴り書かれた紙が一枚交ざっている。

そこには、恐らくは最後の力で遺したのであろう情報が書き殴られていた。

――『首都に致死性の病が蔓延、危険』、と。

■小国家メイヘム・首都メイヘム　三時間前

メイヘムは小さな国だ。

アルター王国の基準で言えば、中規模の都市が一つと周辺にある片手で数えられる程度の農村が国土の全て。

王国の一部に過ぎないギデオン領よりも小さいだろう。

それでも、温暖な気候に恵まれたことで昔からティアンが多く住み、暮らしていた。

周辺を大国に囲まれ、強力なモンスターの生息域に阻まれていることで国土の拡大はできなかったが、それでも三強時代が終わってからの数百年、平和に時を重ねてきた。

日々を堅実に、懸命に生き、外界の騒動とは無縁にそれがいつまでも続く。

メイヘムは王から民に至るまで、誰もがそう考えていた。

だから誰も——こんな終わりを迎えるとは思わなかった。


「……コホッ」

その日、新聞社に勤める男性は、夜半に起床したときから喉に違和感を覚えていた。念のために病気への耐性を上げる薬を飲んでから出社したが、薬が効果を発揮した気配はなく、むしろ悪化していく。

見れば、出社した人間の数は本来の半数を下回っており、出社した人間は例外なく彼と同じように体調の不良を訴えていた。

「これは……、まさか〈流行病〉、か？」

最初に考えたのは、〈流行病〉。前触れもなく沸き起こる病の蔓延であり、ステータスや耐性に関係なく人々を苛むモノ。

症状は千差万別だが、この病は比較的重い部類のようだと考えた。

「コホッ。〈流行病〉の発生、一面記事の差し替え間に合うか？」

朝刊のために印刷スキルを持つ【書記（セクレタリー）】が作業を進めているが、〈流行病〉の恐（おそ）れは今からでも記事にした方が良いのではないかと考えた。

（紙面に追加で挟（はさ）む形で……）

そのように告知手段を考えていると、窓の外から日が昇（のぼ）った。

「……しまった。間に合わなかったか」

新聞社所属の【従魔師（テイマー）】でもある彼は、夜明け前に新聞配達のモンスターを飛ばすはずだったが……病による出社人数の減少で印刷作業が間に合わなかったのだ。

これでは朝刊の遅れは免（まぬが）れない。お詫（わ）びの文言も入れる必要があるだろう。

そう考えていた彼の喉の奥（おく）から、溢れるように血が零れた。

「…………え？」

デスクの新聞を真っ赤に染めていく自分の血を、彼は茫然（ぼうぜん）と見下ろしていた。

彼だけではない。新聞社にいた全員が血を吐いている。

いや、新聞社だけではない。

窓の外から見える少ない通行人さえも、例外なく血を吐いて倒（たお）れていた。

「これ、は……致死性の……⁉」

喉の違和感と少しの咳程度だった症状が、日が昇った途端に明確に悪化している。

自分が考えていたよりも遥かに危険な病であると、彼は遅まきながらに悟った。

（せ、せめて……周辺の村落には、この、危機を……！）

彼は、『首都に致死性の病が蔓延、危険』と殴り書いた紙を新聞配達の鞄に詰める。

そして【ジュエル】から自らのテイムモンスターを呼び出し、【快癒万能霊薬】を浴びせると共に鞄を持たせて村落へと飛び立たせた。

せめて周辺の村落の人間が首都に近づくことは避けさせなければ、と。

報道する者の使命感で、彼は最後の力を振り絞ってダイイングメッセージを村落へと飛ばした。

それが誰に届くのか。

そもそも……間に合うのかも分からぬまま。

□メイヘム・村落

眼前で息絶えた鳥と、鞄の中の一文。

病の蔓延という言葉と、この夥しい量の血が意味するものを察して刀理は青ざめる。

（まずい！　コレから感染する……！）

この血液そのものが病原菌のキャリアになりうる可能性を考えた刀理は、咄嗟に火属性魔法を起動。火球によって病原である鞄を焼却する。

その動作は素早く、文字を目に入れた瞬間には鞄の周囲を焼き払って消毒していた。

「これで……」

感染拡大を防げたのか確かめるため、刀理は《全連結》で別のスキルを発動する。

かつて人助けに役立つからと取得した【病術師】のジョブスキル、《検疫眼》。

人体に害をなす病原菌を、赤色の濃淡で察知するというアクティブスキル。

それによって、焼き払った鞄の周囲は完全に焼却消毒されていることを確認した。

「――――ッ！」

――しかし、それ以外の景色が赤に染まっていた。

「……これ、は！」

地平線の果てから血で世界を染め上げるように病の群れが地を這っていく。

爆発的な増殖を繰り返し、メイヘムという国そのものを呑み込んでいく。

既に彼の足元は赤く、振り向けば病の波は村の丘を九割方登り、今も進んでいた。

そこで理解する。鞄を運んでいたモンスターは、鞄の中の微量の病原菌に感染したのではないかもしれない、と。

地上に近づいた時点で、首都から地を這ってきた大量の細菌に捕捉されたのだ。

そして、それが意味することは――。

「げほっ、ごほっ……」

「っ！　村長！」

刀理の背後で、村長が血を吐きながら倒れ伏した。

口から途切れなく血を流し、焦点の合わない目で、空を掻く手で、救いを求めるように何かを、誰かを捜す。

助けてくれる者を……刀理を捜している。

刀理はすぐに彼を助けるべく駆け寄る。即座に【快癒万能霊薬】を彼に振りかけ、二本目を彼の喉へと流し込む。回復魔法もその体に施していく。

「……！」

しかし、間に合わない。【快癒万能霊薬】さえも効果を発揮せず、回復魔法での回復よりも激しく傷つき、血を吐いている。

彼が持ちうる回復手段を費やしても、僅かなブレーキにもならない。

そうして、ほんの十数秒で……村長は息絶えた。

だが、彼の死はそこで終わらない。

息絶えてすぐに分解されるモンスターと違い、ティアンは遺体が遺る。

遺る……はずだった。

しかし村長の遺体はまるで無数の小動物に食い千切られるように、分解されていく。

瞬く間に彼の遺体の肉が消え失せて……血と骨と髪だけが遺った。

「こんな……こんな……！」

刀理が目の前の光景に呻いたとき、村長の家の中からも同じ音が聞こえた。

家族も又、村長と同様にこの病で息絶えたのだろう。

村長の家だけではない。

《検疫眼》で赤く染まって視える村のそこかしこから、苦悶の声が響く。

これら音源の全てが、眼前の死と同じ光景であるならば……それは地獄(じごく)というほかない世界だった。

「……ッ」

刀理自身も病に感染したのか、口(くち)の端(はし)から血を流す。

刀理は軽傷だが、それは《病毒耐性》のスキルと一〇〇レベルオーバーの膨大(ぼうだい)なＨＰがあるからだ。

でなければ、彼らと同様にこの病によって息絶えていただろう。

「……違う」

否、これは――ただの病ではない。

これは、何者かによる攻撃(こうげき)だ。

かつて天地で……修羅の国と呼ばれた地で、十数年を生きた刀理だから分かる。

「……リソースが、動いている」

人が人を殺したときには、モンスターのときよりも多くのリソース(経験値)が動く。

刀理に限らず、天地の中でも超一流(ちょういちりゅう)の武芸者ならば……その動きを察知できる。

そして今、刀理は感じた。目の前で死んだ村長から、リソースがどこか遠方へと……彼を殺した者の下へと流れていく感覚を。

「《瞬間装着》」

刀理の宣言と共に、彼の頭部に一つの装備が——兜が装着される。

兜の銘は、【試製滅丸星兜】。

かつて、天地と大陸の狭間の海にて遭遇した鎧武者……〈ＳＵＢＭ〉【五行滅尽　ホロビマル】と戦い、打ち倒した際に刀理が獲得した武具。

『己の敵を見る』という不可思議なスキル、《奇醜殺し》を宿した兜。

刀理はその力を発動し、己の敵の姿を確りと捉えていた。

メイヘムの首都で——愉快そうに嗤う一人の少年の姿を。

敵の姿が視えたならば——これは人為的な殺戮だった。

「……怨敵、確認」

彼は視た。己を温かく迎えてくれた人々を殺した者の姿を。

——仇は討たねばならない。

それは彼が未だ囚われている天地の理。

彼はかつて、その理の中で生きていた。

強者……【勇者】であるという理由で己の命を狙った者を逆に討ち取った。

その者の親族が仇討ちとして彼を狙った。

それらを返り討てば、その仲間が彼を狙った。

どこまでもどこまでも、降りかかる火の粉を払うほど、彼の人生は血に染まっていった。

血に染まった道しかない未来に嫌気がさして、天地を飛び出した。

けれど今、刀理は「結局は自分も天地の人間なのだ」と悟っていた。

――無辜の人々を殺して嗤う者を生かしておかぬと、魂が吼えている。

心優しき【勇者】は、修羅の形相で彼方の首都を……仕留めるべき悪を視る。

そして両足に力を籠め、超音速の脚力で首都へと駆けだそうとしたとき……。

「！」

彼の足を止めるものがあった。

それは、瞼の裏に浮かんだマールの……この村で彼と心を通わせた一人の少年の姿。

彼の家はあの丘の向こうにあったはずだと、刀理の記憶が告げている。

「……間に合ってくれ!!」

彼は踵を返し、丘の向こうへと走り出す。

村長や丘のこちら側の人々は、間に合わなかった。

だが、もしかしたらまだ助けられる人がいるかもしれないと……祈りながら足を動かす。

音よりも速く動いて、瞬く間に丘を越える。

だが、赤い波も既に丘を越えていた。

そして、丘の麓にある牧場と併設された民家を……マールの家を呑み込んでいた。

民家の中からは、幾つもの異音と苦悶の声が聞こえた。


「…………ッ」


言葉もない絶望に、刀理の足が揺れる。

だが、膝を突く前に気づいた。

音が少ない。

牧場にまでも病が蔓延したというのに、多数の牧畜の鳴き声が聞こえない。

もしかしたらという希望と共に、更に遠方へと目を凝らす。

そして、赤い波よりもさらに先に、多数の牧畜を放牧しているマールの姿を見た。

「！」

まだ間に合う。

そう考えた瞬間に、彼は渾身の力を込めて……赤い波の先へと跳んだ。

数多のスキルとステータスを連動させた【勇者】の踏み込み。

天地においては、【抜刀神】を除けば最速だった縮地法。

それを以て、彼はついに赤い波を追い越した。

赤い波とマールの中間に、刀理は降り立つ。

「え⁉」

マールは突如として出現した刀理に、完全装備の彼に驚いた。

だが、そんなマールに構わず、刀理は空を見上げる。

「……よし」

刀理は一つのことを確認し、右手の【ジュエル】を掲げる。

そして、【ジュエル】の中にいる者に語りかける。

「友よ。君を解放する。私と君の旅はここで終わりだ」

『………そうか』

【ジュエル】の内部にいる者は、何かを強く悔やむような声で刀理に返答した。

「最期に頼みたい……」

『皆まで言うな。理解している。……王国で良いな』

「ああ。――《解放》」

遣り取りの後、刀理は空中へと【ジュエル】の中にいたモンスターを解放した。

それは、一頭の雷竜だった。

【ハイエンド・ライトニング・ドラゴン】という種の竜であり、旅する刀理が出会った友。

彼と共に旅をする過程で、あえてテイムされた変わり者の竜。

「え？　え……？」

刀理の突然の出現と、雷竜の解放。

だが、マールは何が起きているのか理解できなかった。

マールに説明する時間は……刀理には既にない。

彼の背後まで赤い波は迫っている。

そして、既に感染した彼自身の肉体からも少しずつ病が広がっている。

だから、彼はマールを連れては逃げられない。

それができるのは、【ジュエル】の中にいたために感染せず、そして今は疫病の圏外に解放された雷竜だけだ。

だから、刀理は雷竜に託すしかない。

託せる者だと知っているがゆえに、不安はない。

「…………」

刀理は、風属性魔法で遠距離からマールの体を空へと浮かび上げる。

まるで風船のように、優しくマールの体が空へと上がる。

「わ、わぁっ⁉」

宙に浮いたマールの体を、雷竜の手がゆっくりと掴んだ。

「と、刀理様！　こ、これ……⁉」

混乱の中で、マールは何を言おうとしたのだろう。

赤い波は、既に刀理の足元を越えている。

多くの牧畜や、牧羊犬代わりの【デミドラグハウンド】も病に感染し、苦悶の声と共に血を吐きながら消えていく。

突然の事態に恐怖するマールを刀理は宥めたかったし、まだ話したいこともあった。

しかし、状況はそれを許さず、今の彼らにはもはや全てを話す時間は残されていない。

「さようなら、マール。君のことは忘れない。私と違う、けれど同じ痛みを持った君を、私はきっと……忘れない」

だから、刀理は自分が伝えたい言葉を、

「だからどうか……君も、私を忘れないでほしい」

遺したい言葉を、彼に託した。

刀理の言葉を最後に、雷竜が強く羽ばたいた。

汚染された地上を離れ、大空の彼方へと飛び立とうとする。

雷竜は、最後に刀理を見下ろした。

『――さらば刀理、我が友よ』

「――さようなら、アルクァル。私の、もう一柱の友」

【勇者】と雷竜は言葉を交わして、別れる。

永遠に再会することはないと、悟りながら。

「刀理さ……！」

雷竜は飛ぶ。電磁の結界でマールを保護しながら……地上の全てを置き去りにして。

そうして、村には刀理だけが残った。

それ以外には、もう何もない。
この地で生きているものは刀理を除けば、草木と蠢く病原菌しか存在しない。
結局、刀理が守れたのはただ一人のみ。
それを助ける間に、既に彼の命数は大きく削れていた。
【快癒万能霊薬】が効かず、回復魔法も焼け石に水である致命の病。
きっと、回復魔法を駆使しても、僅かな時間で彼の命は尽きる。
だが、マールを助けることができたことに、一片の後悔もない。
これから、マールの前には辛く苦しい未来があるだろう。
故郷を失くし、家族を亡くし、どう生きればいいのかも分からないかもしれない。
けれど、生きていれば……まだ未来は選べる。踏み出せる。
自分にはもう選べないから、せめて彼には未来を選んでほしいと……刀理は願った。
「……さぁ、逝こうか」
「これが私の……最期の旅路だ」
そして、【勇者】は動く。
雷竜が飛ぶよりも速く、地平線の彼方の仇を討つために。

修羅となった【勇者】が、裁きの矢となって駆け出した。

■首都メイヘム

夜が明け、血に染まった首都は、もはや苦悶の声すらも聞こえない。

多くが苦しみ、溶けて、今は骨を晒すのみ。

「〜♪〜〜♪〜」

けれど一人だけ、苦悶とは無縁の人物がいた。

その人物は、メイヘムの小さな王宮の庭園で……歌いながらクルクルと回っていた。

装飾過剰のドレスのスカートを振り乱し、ソプラノで高らかに歌い上げる。

まるで、溢れる感情を抑えきれないように。

「♪〜♪〜〜」

見目麗しい顔つきは、年若さゆえに一見では男性か女性かも定かではない。

だが、実際にその人物を見たとき、人は顔よりも過剰な服装と……手に抱えた巨大なメスフラスコの如（ごと）き鈍器（どんき）に目を奪（うば）われるだろう。

彼（か）の者の名は、キャンディ・カーネイジ。

〈超級（スペリオル）〉にして、【疫病王（キング・オブ・プレイグ）】。

このメイヘムに致死性の細菌を散布した張本人である。

「じゃんじゃんレベルが上がるのネ♪」

彼は、自らの簡易ステータスウィンドウを眺（なが）めながら愉快そうに笑う。

彼の思惑（おもわく）通り、街中で多くのティアンが死んでいるからだ。

彼が王宮の庭で我が物顔に歌っていたのも、彼を止める衛兵や侍従（じじゅう）が全て死んだからに他ならない。

「やっぱりティアンが経験値効率最高なのネ♪　こーゆーのも久しぶりで嬉（うれ）しいナ♪」

上昇（じょうしょう）するレベルの表記は、消えていく命の証（あかし）。

しかしそれを知りながらも、キャンディは心からの笑（え）みを浮かべている。

それはレベルが上がるというゲーム的な楽しみだけでなく、大量殺戮自体を喜んでいるようだった。

NPCを相手に無双（むそう）するというゲーム的な感覚よりもむしろ、本当に……。

「でも今回の《崩れゆく現在（プレゼント・コラプス）》は未完成なのネ。外部の日光や熱をエネルギー源にしなきやいけないのは繁殖力半減だから……悩みどころなのネ」

ふと、喜と楽の感情を少し治めて、今回の死病の蔓延での問題点に思考を切り替える。

《崩れゆく現在》は彼の扱う細菌の中で、物理的に生物を捕食する肉食細菌の総称だ。

今回は増殖速度を拡大した代わりに、罹患者の肉と熱だけでなく外部からも多少のエネルギー供与を必要とする仕様になってしまった。

小国の首都一つ……よりもさらに広大な範囲に感染を拡大する代償である。

「んー、キャンディちゃんのMPでブーストするのも限度があるのネ。日光よりもお手軽な供給手段は……まぁ今回のレベルアップでできることも増えるかも知れないのネ」

今も細菌を吐き出し続けているメスフラスコ形の鈍器――〈超級エンブリオ〉【悪性神威 レシェフ】の表面をコツコツと叩きながら、キャンディはそう思案した。

「GODがレベルアップできる。レシェフの細菌改造の精度向上。何より、見ていて楽しい。やって良かった一石三鳥なのネ♪」

今も死人が増え続けるこの惨状の中心で、キャンディは心からそう思っていた。

あるいは、それだけであれば……キャンディはNPCを人と思わぬ遊戯派の一種と見ることができただろう。

「どうにかしてレシェフをこの世界から地球に持って帰りたいけど、流石にそれはまだ無理そうなのネ」

だが、続く言葉は……少しばかり異常か、常軌を逸していた。

「地球も同類がちょろちょろいるけど今のGODはGODじゃないしネー。早く元のGODくらいに戻りたいのネー」

彼の言葉の意味は、余人には分からない。

遊戯派の言葉でも、世界派の言葉でもない。

まるで〈Infinite Dendrogram〉のハードで繋がったこの世界を、飛び越えられる垣根の一つしかないかのように語っている。

自分は、それができる存在であったかのように。

「〈超級エンブリオ〉になっても駄目だったけど……その先ならいけるかも？　どうせ、行きつく先はインフィニットクラスなのネ」

その言葉の意味が分かる者は、この地では決して多くはない。

「んん？　でもここが別グループの同類が作った箱庭なら、レベル上げて到達すればこの体で渡れるかも？　レシェフの進化。キャンディちゃんアバターの無限職到達で昔の力を再入手。どっちでも目的達成？　アガル～♪」

あるいは、その全てを理解できる者は彼しかいないかもしれない。

管理者も、先々期文明の記憶継承者も、当代の〈ハイエンド〉も、管理代行者であっても、全ては理解できないかもしれない。

「明るい未来のために、とりま経験値大量ゲットなのネ♪」

いずれにしろ、彼は自分の未来のためにこの小国の未来を閉ざすことを再決定した。

「なぜ、こんな……」

「およ?」

また上昇したレベルにキャンディがにやけていると、後ろから声を掛ける者がいた。

それは場内から這いずってきた一人の騎士。

《崩れゆく現在》に感染しているためか口と両目から血を流し、既に四肢に力が入らないようだった。

「もう日が昇ってから三〇分は経ってるのに生きてるのは感心なのネ♪　もしかして超級職?　経験値沢山とれそうでアガルー♪」

彼は、メイヘムの筆頭騎士を務めるティアンだった。前衛タンク系の超級職【盾王】であり、ジョブ名同様にメイヘムの盾として尽力してきた人物だ。

しかし、そんな彼でも……蔓延した病から人々を守ることはできなかった。

民衆も、仲間も、王も、王妃も、幼い王子も既に息絶えている。

彼も生きてはいるが……既に戦う力など残ってはいない。

それでも生きている者の気配を感じてこの庭園まで移動し……そこで下手人たるキャンディを発見した。

「貴様は……貴様は何者なんだ……！　どうやって……何のために……こんな……！」

「んー、メイドの土産（みやげ）というか、ロバの耳っぽく教えてあげちゃう♪」

血を吐きながら発せられた彼の誰何（すいか）に対し、ニンマリと笑っていたキャンディは指を振る仕草と共に『特別だゾ♪』と一言置いて、

「――ＧＯＤ（神）だから」

――表情を消して、そう答えた。

「か、み……？」

意味不明な回答だが、キャンディはそれが答えの全てと言わんばかりだ。

「仕方ない。もうちょっと丁寧（ていねい）に教えてあげるのネ」

表情をニコリと変えて、キャンディは自らの言葉を補足する。

「ＧＯＤはＧＯＤだけど、今のＧＯＤの体は向こうもこっちもＧＯＤ（神）じゃない。リソース

が足りないから、GODに戻るために大量殺戮でリソースゲットなのネ。これが動機。で、手段の方だけど、レシェフは細菌を改造してばら撒く〈エンブリオ〉。大量殺戮特化型なのネ。それでそれで、レシェフを半身として生み出したこのGODが、大量殺戮が嫌いなわけないのネ。むしろ、あの地球でもやりたいくらいなのネ。八〇億とかあの地球の人類多すぎ。ちょっと昔にGODが君臨してた世界くらいに減らしときたいのネ。GODが〈未来神〉や〈破壊神〉達とセッションしてた頃みたいにサ」

「え……あ……え?」

キャンディの捲くし立てた言葉を、彼は理解できない。

理解できるわけがない。

「んー。『何者』も、『どうやって』も、『何のため』も、おまけに『将来の夢』や『思い出』まで全部教えてあげたのに分からないなんて……君って駄目なニンゲンなのネ?」

キャンディは『困ったちゃんなのネ』と言いながら、彼の傍に近づいてしゃがみ込み、

「――どっちだと思う?」

彼の髪を掴み、その両目を覗き込みながら……キャンディは逆に問いかける。

「GODが自分をGODの生まれ変わりだと思い込んでる頭おかしいクズ野郎なのか、それとも本当にGODの生まれ変わりの頭おかしいクズ野郎なのか」

形だけの笑みを浮かべた顔で、瞼を閉じる。

「ごめんねー、GODも知らなーい。この記憶がホントかウソか妄想か誤認かも今は分からなーい。誰も知らなーい。分かってくれなーい。分からない人はもう死んだー♪」

キャンディは歌うように言葉を発して、再び瞼をあけて彼の顔を見る。

そうして……。

「君も死んでたー♪」

キャンディが話しかけていたティアンは、最後までキャンディの言葉を一ミリも理解できないまま息絶えていた。

キャンディが掴んでいた髪を離すと、死体の顔が地面にぶつかった。

「まぁ、たまに吐き出さないとストレスだからありがとうなのネ。ロバの耳」

それから、キャンディはまた自分のステータスを見る作業に戻った。

キャンディは笑い、レシェフは細菌を撒き、細菌は増殖を繰り返す。

やがて、メイヘムの国土は疫病に呑み込まれた。

神と自称し、神と自認し、神と自覚する……狂った悪性の手によって。

◇

首都の人間がキャンディ一人を残して死に絶えた頃、首都に向かう一つの影があった。

地上を目にも留まらぬ超音速で駆けるは、【勇者】草薙刀理。

継続的に自身へと回復魔法を使用しながら、全力の疾走を続けている。

「コフッ……」

しかし、それも限界に達しつつある。

彼も既に病……《崩れゆく現在》に感染している。

細菌の中でも、物理的に感染者の血肉を貪る肉食細菌。

彼の回復魔法による回復量よりも、《崩れゆく現在》による損傷の方が大きい。

まして、損傷による傷痍系状態異常によって、彼の体が発揮するパフォーマンスも落ち始めている。

走る速度は低下し、未だ地平線の先にある首都まで生きて辿り着けるかも分からない。

「まだ、だ……！」

だが、刀理は首都へと走り続ける。

装備した【試製滅丸星兜】は、今も首都に座すキャンディの姿を捉えている。

だが、自分の他にあの敵を捉えられる者はいないかもしれない。

そう思うからこそ、刀理はあらん限りの命で怨敵キャンディへと駆けている。

身につけた数多のパッシブ・アクティブスキルで体を補強しながら、二本の足で進む。

しかし、それは消耗だ。

スキルを使えば使うほど、回復魔法に使うMPが削れていく。

彼の余命は、火に晒された蝋燭のように減り続けている。

それでも、彼は止まらない。


首都への道の途上で、一組の骨を見た。

御者台には大人と子供の骨。親子だったのだろうか、牽くテイムモンスターも消えて傾いた竜車に、寄り添うように座っていた。

道沿いの民家では、農作業の道具を手にした幾つかの骨があった。

いつもと同じ日常の始まりを、迎えられなかった者達の姿だった。

そして、刀理の滞在していた村。

彼を温かく歓待してくれた人々の、溶ける音と断末魔が耳に残っている。

首都を中心に、メイヘムの全てが殺されている。

あったはずの多くの未来が閉ざされ、絶やされている。
その絶対悪を、刀理は許せない。
【勇者】として、そして未来を望んだ一人の人間として、怨敵に刃を届かせんとする。
やがて、刀理の視界に首都の外壁が目に入った。
怨敵まで、あと僅か。
「……ッ！」
だが、そこでついに彼の体の破綻が決定的なものになる。
既に、彼の足の筋肉は半分以上が細菌に食われ、失われていた。
胴と手足、顔までも、骨が見えている。
超音速で動き続けることはできず、首都を前にして彼の速度は大きく減じた。
「ま……だ……！」
それでも彼の意志は自身の足を止めない。
血を吹き出しながら、骨を軋ませながら、一歩一歩進んでいく。
少しずつ、視界の中で外壁が大きくなる。
——左腕が脱落した。

巨大な都市の門を、走れなくなった足で潜り抜ける。

――両の目が零れ落ちた。

石畳の道を、血の跡と共に進む。

――走る力が失われ、這いずって進んだ。

キャンディのいる王宮まで、あと二〇〇メテル。

――ＭＰが枯渇し、回復魔法が使えなくなった。

肉体の崩壊が加速する。

刀理の体は、もう肉がついている部位の方が少ない。

【勇者】としての膨大なＨＰもとうにレッドゾーンに達している。

それでも刀理は視えない目で、動かない足で、片方だけの腕で……キャンディへと進む。

「……、……」

もはや言葉を発する舌もない。

全ては細菌に食われて消えた。

それでも、彼の魂と意志は進むことを選んでいた。

だが……それももう終わりだ。

彼のＨＰが――――ゼロに至った。

「…………………」

そうして……彼の命は尽きた。

仇であるキャンディに辿り着くことなく……【勇者】草薙刀理は息絶えた。

◆

「んー？　そろそろ打ち止めな感じなのネ？」

キャンディは自分のステータスを見ながら少し残念そうに言った。

それまでは上がっていたレベルも、この数分は上がる様子がなくなっている。

「ま、増殖範囲内(ぞうしょくはんいない)の対象は殺し尽くしたってことなのネ。これにてしゅーりょー。だいぶレベルアップしたし、次はもうちょっと人口の多い国でやるのネ♪」

メイヘムという国そのものを殺した【疫病王】は、今回の大量殺戮で味を占めていた。

ゆえに、次はこのメイヘムよりも大きな国で同じことをしようと考えた。

「カルディナの砂漠は増殖が難しそうだし、レジェンダリアも環境が変らしいから……ここは王国なのネ。七大国家で一番弱ってるらしいし、丁度いいターゲットなのネ」

そんな風に、次のターゲットをアルター王国と定める。

「さーて、それじゃ西へ向かってレッツゴーなのネ♪」

ここではやり終えたと、ウキウキとした様子で王宮を……メイヘムを出ることにする。

鼻歌を歌いながら、キャンディは楽しく城門を抜けた。

そこに——修羅がいた。

「——え？」

キャンディは、自分の目を疑う。

それは死んでいた。

誰がどう見ても死んでいた。

だって、それは……『骨』なのだ。
このメイヘム全土に転がるモノと同じ。
肉のない白骨が天地の鎧兜を着ている。
むしろ、そうしたアンデッドモンスターと言われれば、納得もしよう。
だが、それはモンスターではない。
それは、一人の男の死体だった。
死体になる寸前の、躯。

――《ラスト・コマンド》で動く草薙刀理の死体。

天地とは、修羅の国。
最期の一太刀を当てるために、他国よりも遥かに【死兵】の取得者が多い。
それは、【勇者】であっても例外ではない。
【勇者】は怨敵に辿り着く前に死んで、――――死んでから辿り着いた。
「……なに」
キャンディの口から「なにこれ」という言葉が漏れるよりも早く、刀理の刃が閃いた。

死した彼の、命の全てを尽くした斬撃。

《ラスト・コマンド》で繋いだ命と残るSPを駆使して、死せる体で放たれた一閃。

それは、狙い過たずにキャンディの頸を捉えた。


絶命必至の一閃は致命の一撃であり――キャンディの【ブローチ】を砕いた。


この一閃が、タイムリミット。

《ラスト・コマンド》の効果時間は切れ……刀理の骨は首都の石畳に散らばった。

「…………」

キャンディは、己の頸を撫でる。

その一瞬、死を実感した。

彼の記憶が妄想でなければ、神……〈疫病神〉だった頃に続く二度目の死を感じた。

落ちた兜を拾い上げ、散らばる骨をジッと見つめながら……。

「……やるぅ」

少しだけ引きつった……楽しさと恐怖が綯交ぜになった顔で、キャンディは微笑した。

そうしてキャンディは、ログアウトを選択した。

念には念を。再び【ブローチ】が装備できるようになるまで、慎重策をとったのだ。
ゆえに刀理の最後の一閃は、キャンディの企みを二四時間遅らせるだけのものだった。

◆

こうしてメイヘムという国は滅び、【勇者】は死んだ。
ティアンの希望は、心優しき青年は、【疫病王】に殺された。
それが結果であり、【疫病王】事件という惨事だ。
【勇者】が遺せたものは、たった二つ。
一つは、アルター王国侵攻までの二四時間の猶予。
もう一つは、竜の友と共に逃がした一人の少年の命。
彼の遺したものが意味を成すか否かは――これより分かる。

□【呪術師（ソーサラー）】レイ・スターリング

〈トーナメント〉八日目はライザーさんが優勝した。

古参の決闘（けっとう）上位ランカーとしての強さを見せた順当な勝利と言える。

ふじのんもアルマゲストを用いた新魔法（まほう）を見せるなど頑張（がんば）ったのだが、及（およ）ばなかった。

なお、ボックス席にいた俺達（おれたち）には気づいており、イオがライザーさんの方を熱心に応援（おうえん）していたのも分かったらしく、大層不機嫌（ふきげん）になっていた。

自分が負けたときに友人が喜んでいれば然（しか）もありなん。

「ひどいと思いませんか、オーナー」

「ははは……。まぁ、イオは真（ま）っ直（す）ぐでシンプルだからな」

「はぁ……。ところでオーナー」

「何だ？」

「今日の〈トーナメント〉の優勝者予想、誰に幾ら賭けてました？」

「ライザーさんに二億」

その後の慰め会の費用は再び俺持ちになった。


慰め会も終わって解散した後、俺は本拠地の図書室に足を運んだ。

元々が闘技場の帳簿などを収める資料室だったらしいが、今はクランのみんなで持ち寄った本を仕舞う場所になっている。

マリーが言っていたような〈ＤＩＮ〉の新聞のバックナンバーや、先輩が〈月世の会〉のデータベースから得たお役立ち攻略情報、それとふじのん達三人の趣味の本などだ。

なお、図書室と言っても本や資料を棚に並べている訳ではない。

書架型のアイテムボックスが設置されており、登録してある人間ならば本を取り出せる仕組みだ。索引機能付きなので便利である。

なお、書架は幾つかあるがその中にはふじのん達とマリーしか利用許可登録されていないものもあり、如何なる本を所蔵しているか聞いても言葉を濁された。非常に気になる。

閑話休題。そんな仕組みの図書室なので、【疫病王】事件時の新聞のバックナンバーもすぐに見つけることができた。

「…………」

俺は取り出した新聞を、そのまま図書室で読み始めた。

ネメシスは飯を食った後はすぐに眠ってしまったため、独りで黙々と読み進める。

「……なるほど」

マリーが『【グローリア】事件と並ぶ』と言った理由もよく分かる。

かの魔竜は王国のルニングス領やクレーミルを滅ぼしたが、【疫病王】もメイヘムという一つの国を滅ぼしている。

加えて、撃退に出た多くの〈マスター〉……〈超級〉を含む人員さえも退けていた。

移動する災厄という面でも近いものがあるだろう。

……そう、国一つ滅ぼした【疫病王】は、次なる獲物として王国に向かっていたのだ。

その道行きの途中で彼を止めたのがマリー……〈超級殺し〉であり、【疫病王】は二度と釈放されないほどの刑期と共に〝監獄〟に収監された。

その部分は以前から幾度か聞いた話であり、既に把握していた『結果』だ。

「だけど……」

記事からも、聞いた話からも分からないことは多い。

また、超広範囲に散布した細菌の中心にいるという特殊性のためか、容姿の情報すらも

何より……。

不鮮明（ふせんめい）だ。写真の一つもない。

「…………」

何か関連資料はないのかと書架を索引する。

「おや、こんな夜中に調べ物とは熱心ですね、レイさん」

そうしていると、マリーがやって来て俺に声を掛けた。

「マリー。……いや、ちょっと昼の話が気になってさ」

「昼……【疫病王】事件ですか。……何か気になることありますか？」

問われて少し考えて、素直（すなお）に質問することにした。

当事者であるマリーならば、分かるかもしれないと思ったからだ。

「【疫病王】が事件を起こした『動機』と、マリーが【疫病王】を倒（たお）した『手段』だ」

記事からは【疫病王】が何故（なぜ）こんなことをしでかしたかという『動機（Why）』と、〈超級殺し〉がどのようにして【疫病王】を仕留めたかという『手段（How）』が抜けている。

前者は本人の頭の中にしかないとしても、後者も『〈超級殺し〉が【疫病王】を倒した』という一文だけだ。

知るべきだと思ったのは前者であり、知りたいと思ったのは後者だが、不明のままだ。

俺の問いかけにマリーは納得したように頷き、話し始める。

「『動機』は経験値集めじゃないかって言われてましたねー。ティアンを倒したときの経験値効率は〈マスター〉やモンスターより良いから、無差別細菌テロでレベルアップを狙ったんじゃないかって。まぁ、できるできない別にしてそんな方法を周知する訳にもいかないので記事じゃ伏せられてますけど」

「…………」

その『動機』で、国一つを……大勢の人々と生き物を殺せるものなのか。

そう思うと同時に、『どちらなのだろうか？』と新たな疑問を抱いた。

レベルアップのために失わせるもの……他者の命が【疫病王】にとって軽すぎたのか。

レベルアップという目的が……【疫病王】にとって他者の命より遥かに重かったのか。

どちらだとしても……。

「『理解できない』って顔してますけど、そりゃそうですよ。やってることからして、明らかにレイさんと真逆の位置にいますもん、あいつ」

「……そうなのかもな」

【疫病王】が遊戯派だとしても、世界派だとしても、俺とは違うのだろう。

……【疫病王】と違う考えでも同じ『結果』をもたらす〈マスター〉はいるかもしれな

いが、俺はそうはなるまいと強く思った。

「まぁ、倒したボクも言葉一つ交わしてませんから実際の『動機』は不明ですけどねー」

「そうなのか？」

「アイツの前で悠長にそんなことしていたら勝機もなかったでしょうし」

その一言で、マリーにとっても苦しい戦いであったことは窺えた。

「……で、あとは『手段』でしたっけ。その辺は少し詳しく話しましょうか？」

「いいのか？」

「ええ。時間はありますし。後学のためにもいいかもしれません」

「……じゃあ、頼む」

マリーは『ＯＫ』と指でサインを作った。

「これは後に調査した内容とボクの体験談を交ぜた話ですが……」

そうして、マリーは語り始める。

かつての【疫病王】の脅威とマリーの死闘。

〈超級殺し〉の二つ名……その始まりの物語を。

□■管理AI十一号作業領域

本を見かけたとき、ドーマウスは時々思うことがある。

自分達管理AIはなぜか作業領域に本を置きたがる、と。

チェシャが〈マスター〉を迎える部屋を書斎にしているように。

レドキングが、多くの本を〝監獄〟に設定しているように。

管理AIの過半数は、何らかの形で本を傍に置く。

本の中には、自分達の仕事に関連したデータファイルをあえて本の形に収めたモノも多くある。

『…………』

ハンプティも、自身の記録してきた〈エンブリオ〉のデータをそのようにまとめていた。

そうするのはきっと、自分達が長く生きてきたからだろうとドーマウスは考えている。

あんまりにも長くて、あんまりにも多くが有って、無くなって。

目に見える形で記憶を傍に置いておかなければ、少し不安になってしまう。

そんな思いの顕れが、自分達の本だと思っている。

しかしそれらの本と、双子……管理ＡＩ十一号トゥイードルダム・トゥイードルディーの本は意味合いが違う。

『……やはり、膨大である』

ドーマウスは部屋の天井を見上げる。

いや、それは部屋などというサイズではない。

体育館？　スタジアム？　いいや、違う。

その空間は――創作物に登場する宇宙コロニーに似ていた。

円筒形の広大な空間が、びっしりと本棚で埋め尽くされている。

恐らく、人の人生を費やしても見えている本の百分の一も読めはしない。

ましてこれらの本棚はスライド式であり、その下にはさらに数百層の本棚が連なっているとドーマウスは知っている。

何より、本の形をしていても……実際はより高密度に圧縮された記録メディアである。

全人類でも読み切れない情報がここにはある。

管理ＡＩ十一号作業領域・『集合知大図書館』。

〈Infinite Dendrogram〉で管理ＡＩが獲得した全ての、……それ以前も含めた全ての情報が集積されたデータベース。

双子は、それを管理している。

普段はクエスト難易度の算出や〈ＤＩＮ〉による情報のコントロールを行っている。

だが、アリスのアバタースペースやレドキングの〝監獄〟と同様、この設備の管理も双子の重要な役割となっている。

かつては、自分達の全データベースを担当していた名残だ。

『トゥイードルダム、トゥイードルディー。ここにいるのであろう？』

ドーマウスが呼び掛けるが、返事はない。

仕方なしに、この空間の更に先へと進んでいく。

『む、いたのである』

しばらく進むと、小さな球体が見えた。

無数の本が衛星の輪を連ねたように宙に浮かび、出来上がった歪な球体。

その中心に双子はいたが……普段とは様子が違う。

トゥイードルダムは眼鏡を、トゥイードルディーはヘッドホンを外している。

正確に言えば　情報収集のリミッターを外している。

トゥイードルダムの目は天文学的な数の情報に目を通し、トゥイードルディーは同数の言葉に耳を傾けている。

それらの情報を彼らの中で噛(か)み砕き、求める答えを演算している。

『………』

その様子を見て、ドーマウスは少し待つことにした。

彼らがそこまで集中しなければならない状況(じょうきょう)ならば、待つべきだと考えた。

待っていても、ドーマウスの仕事にさほどの支障はない。

むしろ、彼らの情報整理が早く終わることこそが重要だからだ。

そうしてしばらく待った後、双子の周りを衛星のように回っていた本が元あった場所に戻り、双子は眼鏡とヘッドホンを掛け直していた。

「三時間二四分一八秒待たせたな、八号」

「おまたせ~ドーマウス~」

双子が揃(そろ)ってドーマウスの方を向き、そう言った。

『何を熱心に調べていたのであるか？』

「君の用件にも関わっている事柄だ」

「【疫病王】の発言のあれこれの分析～」

トゥイードルディーの言葉に、ドーマウスは納得したように頷く。

小国とはいえ、王国の隣国を滅ぼした【疫病王】。

その次なる行き先が王国か否かはドーマウスにとって……ドーマウスが管理・保護している存在にとって重要だからだ。

「先にそちらの結論を述べよう」

「まず間違いなく次は王国行きだね～」

『……であるか』

半ばそうではないかと思っていたが、やはりと確信してドーマウスは溜息を吐く。

これで、最悪の場合は国内に死者のリソースが大量に発生することになる。

それは彼にとって決して喜ばしくないことだ。

「それより問題なのは、奴が述べた言葉だ」

「あれってただの独り言じゃなくて、こっちへのメッセージっぽい～」

メイヘムの王宮の庭でのキャンディの言葉は、狂人の独り言であるかもしれない。

だが、仮に真実であれば……告げているのだ。

『目論見通り無限への到達は目指してやる。だから妙な横槍を入れるな』、と。

『実際どうなのであるか？』

「情報が核心を突きすぎている。精査してみたが、我々の感知しきれない向こう側で情報提供を受けたのでもなければ……真実だ」

「インフィニットクラス～。まぁ、私達って〈無限エンブリオ〉と、私達の世界を襲ったあの災害くらいしか直接は知らないもんね～。ここの土台を作ったのが無限職だって情報も間接的で不確かだし～？」

管理AIといえど、この世界の全てを管理できているわけではない。

〈エンブリオ〉と並んで根幹を成すジョブについてはほぼノータッチであり、交戦した先々期文明よりも前の情報はほぼない。

強いて言えば、〈UBM〉になったモノの中にはさらに古い時代に生まれたモノもいるという程度だ。代表格は〈イレギュラー〉の【天竜王】と【海竜王】、そして〈SUBM〉の【七曜統率】である。

「0号によれば向こう側……あの地球にもインフィニットクラスがいるらしいが、表舞台には出てきていない」

「0号もね～。私達とは世代が違うから色々知ってるんだろうけど～」

「奴は、関係ないことと言って多くを語らない」

「『プロジェクトに関係があるインフィニットクラスは、我々以外には精々で無限職だけだろう』とか随分と昔に言ってたしね～。他に幾つあるんだよってね～」

「航海中に遭遇してジャバウォックの奴が気に入った界獣にも、インフィニットクラスはあるのだろうしな」

『………………』

管理AI０号。

発生順で言えば間違いなく最古参だが、ドーマウス達とは立ち位置が異なる。

あえて言うならば、無限担当管理AI。

他の管理AIの暴走を抑え、監督することが０号の仕事だ。

ゆえに、本体の使用も今は彼の許可が必要になる。

『……０号、であるか』

自分達を管理しているが、自分達のリーダーではない。

二〇〇〇年前の戦争も、それから準備を続けた今も、協力関係にはある。

しかし、どこかで一歩引いているように感じる。

思い出すのは、遥か昔に聞いた言葉。

『私は保護者であり、見届け人』

『君達がプロジェクトを進めるならば止めはしない。協力もしよう』

『私は最後まで君達と、君達の同調者の選択を見届ける』


決して敵ではないが、そのスタンスゆえに全てを教えてくれる訳ではない。

今回の件も、恐らくは聞いても答えはもらえないだろう。

「兎に角、現時点では【疫病王】の正体は不確定だが……零落したインフィニットクラスである可能性は十分にある」

「どっちにしても特殊な処理はできないけどねー」

「そもそも【疫病王】が何だとしても行動自体に問題はない」

「〈マスター〉の自由の範疇だからね～」

『……であるな』

〈マスター〉は自由である。

国を一つ滅ぼすことも、可能ならばやってもいい。

それで敵を作り、報復を受けることも含めての自由だ。

「そもそも特殊な処理をしないのであれば、我々ではあれを止められない」

「私達の誰も、彼を止める担当じゃないんだから～」

デスペナルティによって〝監獄〟に放り込むならばまだしも、〈Infinite Dendrogram〉に従来のオンラインゲームのようなBAN（利用停止措置）は存在しない。

〝監獄〟への収監自体も量刑自体はティアンの法によるものであるため、運営が率先して科すペナルティはほぼないと言える。

そして、他の手段でも止めることはない。

アバター担当のアリスは止めない。キャンディは禁則事項に触れたわけではないし、ティアンを何万人殺そうと止める理由にはならないとアリスは考える。

ラビットも担当外。彼のアバターとしての役割は第六の〈マスター〉を襲撃して進化を促すことであって、〈超級〉に至ったキャンディは対象外。

〝監獄〟担当のレドキングにしても、担当するのは収監された後からだ。

強いて言えば雑用担当のチェシャだが、本体ならばともかく第六……第七の出力では相性的に勝ち目はない。

そして危険物担当でもあるドーマウス自身も、〈マスター〉は対象外だ。

「あれの行動はジャバウォックによる〈SUBM〉の投下と、意味合いは変わらない」

「こわ〜い災厄であればあるほど、他の人の進化の引き鉄となる確率は上がるから〜」

ドーマウスはその発言に眉をひそめたが、しかし否定はしない。

個々の管理AIによって限度の差異はあれど、そういうスタンスで進化を促しているのは確かだからだ。

ただ、ドーマウスの管理する対象は〈マスター〉の進化要因とするにはあまりにも危険であり、致命的だ。そのため、作動に関わりかねない今回の件を問題視している。

『何もできないのであるか……?』

「表向きのアバター……〈DIN〉の社長として、彼が犯人であるという情報を公開し、賞金をかけるように働きかけてはいる」

「証拠の情報は用意したし、運よくメイヘムの生還者もいたからね〜」

「討伐のための人員を動かすならば、今回の件は我々にとってプラスに転じる」

「〈マスター〉が討伐に動けば、進化する人も出るかもしれないし〜?」

「もっとも今の【疫病王】を倒せる〈マスター〉が」

「どれだけいるかも分からないけど〜」

ドーマウスは双子の言葉に疑問を覚える。

キャンディは恐るべき広域制圧・殲滅型だ。

しかし、より射程の長い攻撃能力の持ち主はいない訳ではない。

あるいは、カルディナの〝万状無敵〟のような者もいる。

倒す手段は、いくらでもあるはずだ。

「少し、厄介なものが【疫病王】の手に渡ったからな」

「鬼に金棒みたいな～?」

『一体何を手に入れたと……?』

「「武具」」

ドーマウスの問いに、双子が声を揃えて答える。

武具……今この状況でそれが示すモノを、ドーマウスも思い浮かべる。

ある意味で、最悪の逸品を。

「あれは最上位の特典武具に比肩する性能だが、特典武具ではない。加えて厄介な特性を持つが……アレの目的を考えれば妥当でもある」

「今頃ジャバウォックはちょっと楽しんでそうだよね～」

「これまでティアンの所有者が殺害されたケースはなかったが……」

「今回が初ケース～」

「【勇者】も自分の死後は世界に回収されると思ったのだろうが」

「あれについては残念ながら別仕様～」

『……その、武具とは？』

毛皮にないはずの汗腺から冷や汗が流れる感覚を味わいながら、ドーマウスは問う。

自分が恐れる事柄が答えであることを、ほぼ確信しながら。

「それは」

「もちろん～♪」

そうして双子の口から出た言葉は、やはりドーマウスの予想通りのものだった。

◇◆

□■首都メイヘム跡地

メイヘムが滅んでから、二四時間が経過した。

しかし住人が全滅しても、家屋は何も傷つかずに遺り続けている。

滅亡前後の違いは、家屋の中や路上に白骨が転がっているか否かだろう。

『………』

物言わぬ躯の置き場と化した街を、見下ろす者がいる。

それは紫電爆ぜる翼を持った、一頭の雷竜……刀理の友であった【ハイエンド・ライトニング・ドラゴン】アルクァルだった。

彼に託されたマールを王国の人間に預け、彼自身はこのメイヘムに舞い戻っていた。

そして、細菌の届かぬ上空から眼下の無人都市を見下ろし続けている。

『………』

無言で何かを待ち続けるアルクァルは、既に刀理の死を悟っていた。

もはやどこにも、彼の気配はない。

そして眼下には……見えている。

彼の鎧を纏い、頭蓋骨を晒した屍がうち捨てられているのだ……。

けれど、アルクァルにはその躯を抱き上げることも、弔うこともできない。

メイヘムには今も、致死性の細菌が充満しているからだ。

彼の躯に、アルクァルができることは何もない。

その事実に悲しみと、自らの無力への憤りを抱く。

彼が守れなかったのは、これが二度目だ。

一度目は、【三極竜　グローリア】の襲来。

かつての彼は【雷竜王　ドラグヴォルト】として、悪しき竜が人界へと降りることを防ぐ門番として〈雷竜山〉にいた。

だが、【グローリア】との戦いに敗れた結果、人界を襲った【グローリア】によって王国のルニングス公爵領は壊滅し、彼の友人であったルニングス公爵も死亡した。

彼自身は父【天竜王】の手によって蘇生したが、失ったものはあまりにも大きかった。

誇りも、力も、自負も、友も、何もかもを敗北によって失った。

今の彼は、〈UBM〉ではない。

だからこそ、彼は自らの力を取り戻す……否、かつて以上に高めるべく修行の旅に出た。

〈雷竜山〉の門番の役割を弟に任せ、彼自身は〈境界山脈〉の外に出て自らを高める。

あるいは〈UBM〉と戦い、勝利できればそのリソースで再び〈UBM〉に至れるかもしれない、と考えてのことでもあった。

そんな旅の中で出会ったのが、【勇者】草薙刀理だった。

人化していたときに出会い、共にとある事件を解決し、互いを認め合った。

そして未だ自分に足りないものや新たな力を見出すため、彼のテイムモンスターとして旅に同行した。

刀理との長くも短い旅を、彼が忘れることはないだろう。

だが、その旅は終わってしまった。

【疫病王】という、最悪の人災によって。


『…………！』

彼が今このメイヘムの空にいるのは確認と……代役だ。

はたして友が【疫病王】を打ち倒せたか否か。

仮に倒せていなかったならば……友の代わりに自らが【疫病王】を倒すという決意と共に待っていた。

『――来たか』

彼はここで待ち続け……そして仇は現れてしまった。

【ブローチ】の破壊から二四時間が経過し、【疫病王】は自らが滅ぼしたメイヘムに帰還した。【雷竜王】が見下ろす街、刀理の躯のすぐ傍に。

刀理は、倒せていなかった。

ならばアルクァルがやることは一つだけだ。

顎を開き、翼を広げ、自らの雷気を極限まで高めていく。
それこそは、【雷竜王】の頃から彼の代名詞でもあった必殺のブレス。
『――《ライトニング・ヴォーテックス》!!』
――渦巻く雷光が地上までの数キロを瞬時に駆け抜ける。
落雷の如く、落雷より激しく、【疫病王】を塵へと変える天の怒り。
細菌の届かぬ天空から、雷光が大気と細菌を灼きながら【疫病王】に到達する。
力を失って弱まったとしても、天の稲妻は人体一つ消滅させるのに不足はない。
地に至った雷鳴が爆ぜ、周囲を焼き焦がす。
『…………』
それは当然、刀理の躯も含まれる。
彼の骨も炭化し、そして灰になって風に流れていく。
あるいはそれはアルクァルにとっての葬送なのだろう。
細菌の海に沈み、埋葬も敵わず風化を待つしかない友の骨を、荼毘に付したのである。
そうして、友の復讐と葬送を終えたアルクァルは……。

――雷撃の着弾点で、無傷のまま立つキャンディを見た。

『…………!?』

「晴れなのに雷なのネ。まぁ自然現象じゃないけれど」

最上位純竜であるアルクァルのブレスを受けてもなお、傷一つ負っていなかった。

それは再装備可能になった【ブローチ】……によるものではない。

『あの、装備は……！』

キャンディは、普段着ているフリルの衣服の外側にレインコートのようなものを着込んでいた。

それは、特典武具の一種。

これまでキャンディが人間同様に……あるいは人間以上に無差別殺戮したモンスターに含まれていた〈ＵＢＭ〉から得たもの。

それは、アルクァルにとって天敵とも言える《雷吸収》のスキルを有していた。

〈ＵＢＭ〉を数多討伐したキャンディは、このような耐性装備を幾つか所有している。

だが、アルクァルが驚愕したのはその装備に対してではない。

キャンディがレインコートのフードの内側に被っている——兜を見ての言葉だ。

「それにしても、レインコートに武者兜。これ、流石にちょっとないコーデなのネ」

自らの装備をそう評し、キャンディは嫌そうにそう言った。

その兜の元々の持ち主が誰であるか、言うまでもない。

それこそは、【試製滅丸星兜】。

キャンディに刃を届かせた……刀理の武具だ。

かつて【勇者】草薙刀理が【五行滅尽　ホロビマル】と戦い、膝を突かせたことで手に入れた武具だ。

特典武具に限りなく近く……しかし特典武具ではないアイテムだ。

〈マスター〉と違い、ティアンの死後は特典武具以外のアイテムはその場に遺る。

そして、この兜は特典武具ではない。

キャンディは刀理の躯から【試製滅丸星兜】を奪うことができた。

兜自身も自らの所有者である刀理に勝利したキャンディを、新たな所有者と認めたようでさえある。

キャンディはログアウト前に兜の効果を確認し、有用と認めた。

そして今、ログインした直後に警戒のために兜を装備。

兜の力で上空から自身を攻撃する『敵』であるアルクァルを察知・視認し、即座に《瞬間装着》で雷への耐性装備を身につけたのである。

【試製滅丸星兜】の効果により、敵対行動をとった時点でキャンディは敵対者の姿を見る。

攻撃の予兆を感じ取ることができる。

この対応力の上昇は、【疫病王】を討伐せんとする者にとっては大きな壁となる。

広範囲の致死性細菌によって守られ、細菌のアウトレンジ……超長距離からの攻撃でしか倒す術がない【疫病王】。

しかし、もはやアウトレンジからでも倒せない。

攻撃しようとしてもそれを【試製滅丸星兜】で察知し、即座に対応装備を身につけるか……ログアウトで逃げてしまうだろう。

近づいて触れればログアウトを阻止できるが、そもそもキャンディには近づけない。

そして超長距離からゼロタイムで攻撃できる者など、ほとんどいない。

黄河にいる迅羽のテナガ・アシナガ、その必殺スキルくらいのものだ。

それとて、索敵によるロックオンを察知すればキャンディは逃げる。

あるいは細菌を物ともせぬ防御能力の持ち主がいたとしても、近づいてくる段階で察知して同様に逃げることが可能だ。

どうしようもなく、キャンディと兜は相性がいい。生きているだけで広範囲を殺傷するキャンディの、生存力を高めてしまっているのだから。

『………クッ！』

アルクァルは友の遺品を奪った仇敵に怒りを抱くが、しかし何もできない。

雷はキャンディに通じず、近づいて爪牙を浴びせんとすれば細菌によって滅びる。

命を賭して、イチかバチかで、突撃することはできる。

しかし、今のアルクァルにそれはできない。

まだ友に託された役目を……終えていないからだ。

だからこそ、怒りと悔しさと無力感を抱えたまま……彼は飛び去るしかなかった。

「あ。飛んでったのネ。わりと賢そうだから経験値多かったかモ……」

その様子を、キャンディは特に何とも思わぬままに見送っていた。

疫病という国家に護られた王は、更なる防衛手段を獲得した。

手の打ちようがない人界の災厄となって……彼は王国を目指す。

◇
◆
◇

□■アルター王国

【疫病王】の脅威は、キャンディがログアウトしていた一日の間に近隣(きんりん)国家に周知された。

小国とはいえメイヘムは近隣国と多少のやりとりはあり、首都には〈DIN〉の支局もあった。

そこからの最後の通信によって異常事態は他国へと広まり、脅威は周知された(実際は滅んだ後にメイヘムの設備を使って双子が通信を行い、それを〈DIN〉の社長でもある双子が直接受け取ったというアリバイ作りをしている)。

また、当代の【勇者】である草薙刀理の死亡も合わせて報告され、【疫病王】の恐ろしさをさらに強く示すことになった。

国を一つ滅ぼし、〝国絶やし(リージョン・ロスト)〟と呼ばれるようになった【疫病王】の脅威。

キャンディが再度ログインしてからはメイヘムに隣接する三国がそれぞれに対応策を打ち出した。

カルディナの対応策は、遠距離攻撃エンブリオによる狙撃。

〈超級〉の一人、【砲神】イヴ・セレーネによる砲撃が実行された。

しかしそれを読んでいたかのように、直前でログアウトによって回避された。

レジェンダリアからは【勇者】以上に頑健な肉体を持つ【超力士】バルク・ボルカンが向かったが、キャンディに辿り着くことなく死亡した。

王国からは状態異常に高い耐性を持つアット・ウィキ率いるクラン〈Ｗｉｋｉ編纂部・アルター王国支部〉が動いたが、状態異常ではない肉食細菌によって壊滅している。

また、装甲車の〈エンブリオ〉で突撃した者もいたが、対応したキャンディが金属を捕食する細菌を散布したことで気密性が失われ、壊滅している。


このとき、王国の〈超級〉は動いていない。

レイレイは常の不在。

【女教皇】扶桑月夜は王国との交渉中。

【超闘士】フィガロは折悪しく〈墓標迷宮〉深層へのソロアタック中。

【破壊王】はこのとき消息不明であった。一説には天地での神獣討伐、そしてグランバロアの【屍要塞】事件に関わったとされる。

そうして各国が打倒できぬまま、キャンディは移動を再開。

その行き先が王国だと判明したとき、王国の民は敗戦の傷が癒えていないこの国に更なる災禍が降りかかるのかと絶望したが、それでは収まらないと考える者も多かった。

王国を滅ぼし、ドライフかレジェンダリアを滅ぼし、やがては大陸の全てを殺し尽くすのではないかと畏れられた。

あたかもこの大陸では忘れ去られたはずの……〈神〉の如く。

王国東端の街アジャニの役所の一室、来客用の部屋でメイヘム唯一の生存者……マールは膝を抱えていた。

目元には涙の跡があったが、今はもう流れていない。

涙は涸れ……あるいは心もそうなりかけている。

マールには、あの日のことが何も分からなかった。

なぜ、刀理があんなにも必死だったのか。

なぜ、竜が自分を連れ去ったのか。

なぜ、共に過ごしてきた羊や牧羊犬【デミドラグハウンド】が死んでいったのか。

その理由が分かったのはこの街について、人化した竜……アルクァルから事情を聞いたためだった。

最初は信じられなかった。信じたくなかった。

アルクァルの言葉が本当だったら……父も母も兄も、マールの家族はみんな死んでしまったことになる。

優しかった村の大人も、同世代の友達も、弟妹のようだった子供も、先月生まれたばかりで村でお祝いした赤ん坊も、みんな死んでしまったことになる。

刀理も……死んでしまうことになる。

そんな話を信じるくらいなら、竜の言葉を嘘だと断じて、怒りを買って殺された方が遥かに良かった。

けれど、アルクァルは怒らなかった。

悲しみを湛えた目で、マールを見るだけだった。

そうしている間に、送り届けられた街が騒がしくなった。

メイヘムでの出来事が、〈DIN〉という新聞社を経由して伝わったからだ。

世間が事実としたために……マールの心もそれが事実と認めざるを得なかった。

そして……マールは刀理の死を知った。


それから、マールは役所に保護された。

メイヘムから逃げてきたことを告げ、《真偽判定》での確認を受けた。

疫病の検査も受けたが、マールは罹患していなかった。

刀理の行動は自分を助けるためのギリギリの行動であったのだろうと、マールは動揺する心の片隅で思った。

アルクァルは何時しかいなくなっていた。マールを役所に送り届けた後、「やることがある」と言って飛び立ってしまった。

「…………」

マールの傍には何もない。

貸し与えられた見覚えのない部屋に独りきり。

けれど、今はもう世界の全てがこの部屋と同じだ。

もうマールが生きてきた『世界』は、広い大陸のどこにもないのだから。

いつまでも続くと思っていた代わり映えのしない日常は、終わってしまったのだから。

かつてのマールが考えていたすごいこと……恐ろしいことによって途絶えてしまった。

だから今、マールは未知の世界に独りきりだ。

「……こんなの、いやだよ……」

平凡な日常の中で、マールは大事件を夢想していた。

冒険譚、英雄譚に夢を馳せた。

けれど、自分の身に起きた出来事はただの悲劇であり、絶望だった。

眠りについて、目覚めたときには今が夢であることを祈って、けれどそれは叶わない。

現実が、少年の心を追い込んで……影を落としていく。

『マールくん、起きているかしら?』

「………うん」

部屋のドアがノックされて、役所の職員の女性がマールに声をかける。

保護されてから、マールは何度か呼ばれ、質問されていた。

メイヘムで唯一の生存者であるマールから少しでも情報を聞き、【疫病王】への対策を立てたいと考えているためだ。

けれど、マールには何もわからないし、何も答えられないのだ。

分かったのは、飼っていたモンスター達が次々に死滅して、それを見下ろしながらアルクァルと共に飛んで逃げて、そして……刀理に見送られたことだけだ。

けれど、その情報も無意味ではなかった。

【疫病王】の細菌、その性質の一部がマールの証言から分かったのだという。

それもあって他にも何か見落としていることがないかと、時間を置いて尋ねられている。

だから今もまた質問されるのだと思ったが……違った。

『実は……【疫病王】がこの街に向かっているらしいの』

「⁉」

『明朝までに避難することになるかもしれないから、準備はしておいて……』

そう言って職員はドアの前から去っていた。

準備といっても、マールには持ち物など何もない。

準備の必要があるのは心だけで……しかしそれは準備できない。

「……うぅ」

【疫病王】。マールの全てを奪った存在が、この街にも訪れる。

マールはその言葉にとても怯え、あの日の光景がフラッシュバックした。

まるで……絶望が取りこぼしたマールを追いかけてきているように感じられたからだ。

「どう、して……」

恐怖と悲しみと怒りと無力感と後悔、全てが混然となってマールの手足を縫い留めていた……。

アジャニの役所の一室には、各新聞社の記者達が詰めていた。

王国東端であり、最もメイヘムに近いアジャニ伯爵領。

それゆえ、【疫病王】襲来の危機にさらされる可能性が最も高く、伯爵から緊急の発表があった際、それを大陸中に伝えるために彼らは詰めているのである。

大小様々な新聞社の記者がおり、中には〈マスター〉の姿もいくらか交ざっている。

「うーん……」

その中に、少しだけ目をひく女性がいた。

黒いサングラスにスーツ姿と、服装を含めてファンタジーなアルター王国では少し……かなり浮く格好をしている。

女性がつけた腕章は広域に情報網を持ち、今回の【疫病王】の一件を最初に報せた新聞社である〈DIN〉の所属であることを示している。

他の記者同様に発表を待って詰めている彼女は、何故かスケッチブックに絵を描いているようだった。

そんな彼女のスケッチブックを、同じく〈DIN〉の腕章をつけた女性記者が横から覗き込んだ。

「マリー。何を描いているの？　また男性の裸？」

「いえいえー。ちょっと情報を整理しているんですよー」

記者――マリー・アドラーのスケッチブックに描かれているのは、奇妙な図形だった。

極端に縦に短く、横に長い半球であり、数値も含めて描き込まれている。

ただ、なぜか図形の上にはマスコットのような鳥のマークが描かれてもいる。

「ところでアジャニ支局が飼ってる怪鳥って、高度何メテルまでいけましたっけ？」

「六〇〇〇メテルほどじゃないかしら」

「強さは？」

「亜竜クラスだったはずよ」

「……少し微妙な賭けになりますねー」

メモしながら何事かを悩むマリーに、ティアンの同僚記者はまた何か変わったことをやろうとしているんだろうなと考えた。

マリーなど〈マスター〉の記者は一種の特派員であり、特殊な技能で一風変わった情報を集める仕事をしている。〈マスター〉の不死性があれば、命がけの情報だって持ち帰ることができるのだから。

そんな〈マスター〉の記者であるマリーが、今日はこのアジャニに詰めている。

〈マスター〉の記者を取りまとめる人物……双子社長ならば理由を知っているのかもしれないが、一般記者である彼女に窺い知ることはできない。

「おや?」

二人が話していると、記者達の部屋に役所の職員……そしてこのアジャニを治めるアジャニ伯爵が入室した。

伯爵からの直接の発表で、記者達は自分達の予感が的中してしまったことを悟る。

その予感の通り、伯爵の口からは【疫病王】の襲来と西方への避難計画が告げられた。

「?」

しかし、伯爵が苦渋の顔で避難を発表する最中……なぜかマリーは別の方向を見た。

視線は壁に遮られていたが、彼女はまるでその先の何かを見通しているようであった。

それから、マリーは同僚に耳打ちする。

「……すみません。ボク、ちょっと抜けますね」

「え？」

同僚が振り向いたとき……そこにマリーの姿はなかった。

まるで最初からいなかったように、マリーは消えていたのである。

同僚は少し混乱したものの、『〈マスター〉ならこういうこともあるわね』と納得して、伯爵の発表に向き直った。

◇

マールがベッドの上で膝を抱えていると、窓枠が外から叩かれた。

「我だ。開けてくれ」

その声に、マールは聞き覚えがあった。

よろよろとした足取りで窓に近づき、鍵を開ける。

窓を開くと外から体格のいい……少しトカゲに似た瞳の青年が飛び込んできた。

一見するとレジェンダリアの血が入っているように見えるが、彼こそは元【雷竜王】……アルクァルの人化した姿である。

「まずは、謝ろう。仇である【疫病王】を倒し損ねた」

その言葉で、マールは彼が刀理の仇を討ちに行ったのだと知った。

そして刀理でも勝てなかった【疫病王】には、竜であっても勝てなかったのだということも悟った。

「奴は今、この街に向かっている。明日には奴の疫病がこの街に到達するだろう。その前に、避難しなければならない」

「………」

「汝はどうするかを聞きたい」

「どうする、か？」

何を聞かれているのか、マールには分からなかった。

「我は刀理より汝の安全を頼まれた。汝を預けたこの街もまた病の海に沈むのならば、逃がさねばならない。人と共に逃げてもいいが、我の翼ならばそれよりも速く、彼方へと遠ざかることもできる。あるいは、海上の国に行けばあの疫病も届かぬかもしれん」

「………」

アルクァルは友であった刀理に義理立てし、同じく刀理の友であったマールを生かそうとしている。

アルクァルと共に逃げるか、アジャニの人々と共に逃げるかという選択。

けれど、マールは……。

「僕(ぼく)は……ここに残るよ」

どちらも、選ばなかった。

「……何故だ？」

「だって、生きていても、僕にはもう……何もないんだもの」

家族も、友人も、家も、故郷も……彼を彼たらしめていたものは最早(もはや)ない。

自分自身を見失って、けれど新しく生きる足場を見つける事さえできなくて、もはやマールに残っているのは諦観(ていかん)と絶望だけだった。

「刀理様だって、アルクァルだって、【疫病王】には敵(かな)わなかった。この大陸に生きている人がみんな殺されてしまうなら……僕も早くみんなのところに……」

「汝……」

そんなマールに対し、アルクァルが何事かの言葉を投げかけようとしたとき……。

『――でしたら、【疫病王】が人の手で倒せると証明してみせましょうか？』

――聞き覚えのない声が室内に発せられた。

それは、奇妙な声だった。

老いているのか、若いのか。

男なのか、女なのか。

定かならぬ声……変声された声が室内に静かに染み渡るように聞こえてきた。

「！」

アルクァルが声のした方角を振り向くと、そこには奇妙なものがあった。

それは、黒い靄だった。

一体いつ、室内に入って来ていたのか。アルクァルに一切の気配を感じさせないまま、人型の黒い靄がドアの横に立っていた。

それが可能である相手に、アルクァルは警戒を向ける。

「貴様、何者だ？」

アルクァルの問いかけに対し、その人物はアルクァルと……マールを見ながら答える。

『〝──ボクは影〟』

そして一歩、マールへと近づく。

どこが顔かも定かならぬ黒い靄の奥で、しかしマールの目を真っすぐに見ている。

『〝君の絶望の影であり、悲しみの源を闇の中へと引きずり込む――死色の影〟』

どこか芝居がかった口調で言葉を続け、

『――〝Into the Shadow〟』

両手を広げ、まるで演劇の舞台に立っているかのようにその一文を発した。

それこそが大事、とでも言うように。

「…………」

影を名乗った人物の異様な雰囲気に、アルクァルは警戒しながらも言葉を失くす。

彼の背後で守られるマールは……。

「悲しみの、源を……?」

悲しみの源を闇の中へと引きずり込む。

その言葉が悲しむマールを殺すという意味でないのならば、それが示すことは……。

「【疫病王】を……倒すっていうこと?」

『ええ。あなたが望むならば』

マールの問いに、影はあっさりと頷いた。

「……できるのか？」

アルクァルにも刀理にもできなかったことが、この謎の影にできるとは思えない。

思えないが……眼前の奇妙な影には確かな自信があるようだった。

『ただ、仕事の対価はいただきます』

「対価、だと。金銭か？」

『いえ、協力ですね。あなた……ドラゴンにお手伝いいただく形になります』

指差しながら言われた言葉に、アルクァルは面食らう。

憎き【疫病王】を倒せるならば、協力は惜しまない。

しかしそれでは、この影には何の得もない。

「貴様は、それでいいのか？」

『ええ、まぁ。ああいう輩を依頼されて倒す……その役割自体が、ボクにとっては意味があることなので』

「………」

アルクァルにはその言葉の意味は不明だったが、嘘を言っていないことだけは確信できた。何らかの、影だけに意味があるロジックと利益で動こうとしている。

「……分かった。協力しよう」

『はい。では後は……あなたの言葉次第です』

そう言って、影は再びマールを見る。

『ボクが動くには、依頼人が必要です。あなたは、どうしたいのですか？』

それもまたこの影だけのロジックであり、動機なのだろう。

その問いかけは、選択の提示だった。

きっと、影はマールが何を選択してもいいのだろう。

依頼せず、逃げることやただ留まることを選んでも構わない。

そのときはアルクァルの協力がなくとも倒す手を見つけるだろうし、他の依頼人を探すかもしれない。

しかし最初にこの選択をマールに持ちかけたのは、マール自身に理由があるからだ。

きっとこの世の誰よりも、マールにはそれを頼む理由があるからだ。

「…………」

マールは思い出す。

これまでの、何の変哲もない日常だと思っていた……二度と帰らぬ黄金の日々を。
母の温もりと、ずっと食べていられると思った手料理を。
父の頼もしさと、疲れて背中に背負われたことを。
兄の優しさと、手を繋いで歩いてくれたことを。
家族との記憶が、流れるように思い出される。
同時に、羊達の鳴き声や匂い、風に流れる麦の畑、故郷の風景が蘇る。
そして、全く違う境遇の……けれど同じ思いを持っていた友人の顔が浮かんだ。
「……って」
マールは……涙が止め処なく溢れ出した目で、影を見上げる。
そして、彼は口にする。
「み、んなの……仇を取って……!!」
己の心の奥底から沸き上がった……正しき怒りを。
『もちろん』
嗚咽で途切れる依頼人の声を聞き届け、影は踵を返す。
『そのために――マリー・アドラーがいる』
そして、異なる物語の殺し屋の名を冠した〈マスター〉が動き出す。

――神を自称する者を殺すために。

◇◆◇

□■旧メイヘム国土

無人の野と化したメイヘムの地を、キャンディが進む。

「♪～」

幾度かの妨害を細菌と【星兜】の力で易々と突破しながら、王国へと向かうキャンディ。

徒歩による移動であるため、キャンディはまだ自らが滅ぼしたメイヘムの国土から出てはいない。

しかし彼はゆっくりと西に移動し、疫病の範囲もまた動いていく。

それはまるで、嵐が動くかのようだった。

キャンディの細菌は地を這い、増殖を繰り返し、国一つを滅ぼした。

だが、現時点ではそれ以上には拡大できない。

厳密には、作り拡大していくことに制限はない。

細菌は生物として、増殖と拡大を繰り返すことができる。

加えて、レシェフから放出後に代を重ねれば、キャンディのログアウト後にも独立した生命として残留する。

だが、キャンディが作り上げた細菌は求めた性能を発揮するために、生命の構造として極めて歪なものとなっている。

【疫病王】であるキャンディの、そして〈超級エンブリオ〉であるレシェフのバックアップがなければ一日かそこらで容易く破綻する。

スキルでのバックアップ可能な最大半径は、現在五〇キロといったところだ。

現に、キャンディが西へと移動するにつれて東の細菌は自己崩壊を始めている。

そしてレシェフの細菌そのものではない第二世代以降の細菌による殺傷でも、キャンディにリソースが流れるのはそうした理屈……細菌へのバフゆえである。

あるいは、歪なまま生存し、増殖する変異種が生まれれば、今よりも広範囲に広がるかもしれない。

しかし、自分の制御外でリソース的には得にならない細菌など、キャンディにとっては獲物の横取りに過ぎない。だからこそ、極力そうはならないように調整している。

「んー、そこまで疲れないけどやっぱり移動手段は欲しいのネ。煌玉馬とか良さげ？」

歩きながら、キャンディはぼやく。

モンスターは細菌によって死にかねないので、足にするなら機械だろうと考えた。それとて金属食の細菌を撒けば巻き添えになるだろうが。

「キャンディちゃんペイルライダー化計画……まず馬を見つけないといけないのネ」

疫病の擬人化である騎手の名を挙げながら、独り言を述べるキャンディ。

しかし不意に、その視線が上を向いた。

「また来たのネ」

そう呟くキャンディの視界に、【星兜】が敵の姿を見せる。

それは……先だってキャンディに雷光を放ったドラゴンだった。

ドラゴンは顎を開き、キャンディへと雷撃を撃ち下ろす。

「……？」

それを《雷吸収》のレインコートを《瞬間装着》することでやり過ごす。

降りしきる破壊の雷を、キャンディは無傷で耐える。

（……何で同じこと？）

既に一度失敗している攻撃を何でまた繰り返すのかとキャンディは疑問を抱いた。

だが、それは十数秒が経過した時点で納得に変わる。

(長い)

先の攻撃と比べ、攻撃時間が明らかに長引いている。

倍以上の攻撃時間を経てもなお、止まることがない。

(なるほど。キャンディちゃんの防御を時間制限式か消耗式だと読み間違えたのネ。残念、これパッシブでずっとなのネ)

《雷吸収》の装備スキルに消費はない。

破損しない限りは装備可能で、常に雷撃を無効化する。

ゆえに永遠に続けたところでこの防御は破れない。

(……流石にあんまり長引くとログアウトできなくて困るけど、まさかずっとは撃てないだろうし)

キャンディのその読みが正しく、四〇秒ほどが経過した時点で雷撃は止んだ。

【星兜】で見える敵の姿……ドラゴンも大きく疲弊しているようだ。

(お疲れ様なの……ネ?)

キャンディがそう思考した瞬間、【星兜】の表示が切り替わった。

そこには見知らぬ黒スーツの女の姿があり――、

「――え？」

――傍にキャンディ自身の姿も見えていた。

◇

遡ること、一〇分前。

「ああ。やっぱりそういう装備持ってましたかー。そうじゃないと説明つきませんからね」

空を翔けるアルクァルの背からマリーの声が聞こえた。

ただし、そこに彼女の姿はない。

まるで透明人間のように、光学的に見えなくなっている……訳ではない。

カメレオンのようにアルクァルの体色に同化した布を被っている。

昔の漫画の忍者のように、隠密系統のスキルで姿を隠しているのである。

既に最初に会ったときの黒い靄は纏っていない。

あれは感知系スキルの類からステルス可能な武具だが……逆に黒い靄のせいで目立ち、目視は容易になるという際物だからだ。アルクァルの背中に黒い靄があれば目立って仕方がないだろう。

そも、【星兜】が相手では出力差で感知される恐れもある。

『………』

今しがたアルクァルが行った説明は刀理が持っていた兜と、それが【疫病王】の手に渡っているというものだ。

だが、マリーはその説明を受ける前からキャンディが『敵の姿を発見する』手段を持っていると予想し、隠れていた。そうでなければ対応力に説明がつかないと思ったからだ。

「見えているって、千里眼みたいに遠隔視でいいんですよね？」

『刀理の話では、な』

「でしたら問題ありませんね。こうしてくっついて隠れていれば、姿が見えたとしても相手が気づくのはあなただけでしょうから。それに、ボクの奥義もありますし」

マリーの言葉に、アルクァルは半信半疑の唸り声を出す。

『……本当にやる気か？』

「はい、もちろん。地上を走っても、絶対に届きませんからね」

討伐に向かった数多の者達の犠牲によって、【疫病王】の最大殺傷半径は判明している。

しかしマリーの超音速機動で直進したとしても、【疫病王】に到達するまでには数分。

それでは間に合わない。途中で尽きる。

道中の障害物や対象の発見までの時間を考慮していないのだから、余計に条件が悪い。

もし辿りつけるとしても、それだけ時間があればログアウトされるだろう。カルディナの〝万状無敵〟などはそれゆえに討伐できない。

「けれど、最短距離なら間に合います」

『…………』

「【疫病王】の行動は三パターンあります」

未だ疑問視しているアルクァルに対し、マリーは説明を始めた。

「その一が放置。放っておけば死ぬので何もしない。レジェンダリアの【超力士】を筆頭に大勢がこれでやられています」

既に展開した防御網で死に、【疫病王】にはリソースが流れる。彼にとっては最も楽なパターンだ。

「その二が対応。あなたの雷を無効にする装備を身につけられたり、装甲車に対金属の細菌を撒いたり。手を打つことで打ち破るパターン」

『…………』

数多の〈UBM〉を殺して特典武具を得て、幾百種かも分からない細菌を保有する【疫病王】。対応された時点で、その防御は盤石である。

「そして最後の三は避難。ログアウトして、逃げて、やり過ごす」

【ブローチ】を割られた後とカルディナの【砲神】にとった手段。

知られていない情報だが、肉食細菌である《崩れゆく現在》が不活性化する夜もログアウトすることになるだろう。

だが……。

「行動の優先順位も一、二、三の順番です。ログアウトは下手すると出待ち対応されかねないから避けている節がありますが、どうにもならないときだけ逃げているようです」

最も安全なリアルへの脱出だが、再ログインを考えればリスクが高い。

また、やはり知られていないことだが、あまり長時間のログアウトはバックアップを失った細菌の死滅リスクが高まり……構築した鉄壁の防御網が失われる恐れもある。

だからこそ、【疫病王】にとってログアウトは最終手段である。

「だから、その二で対処できるあなたが再び雷を吐いている間は耐性装備でやり過ごすはずです。逃げもせずに」

その間隙を狙うと、マリーは告げる。

自らの考察を述べるマリーに、アルクァルは驚きと気味の悪さが交じった感覚を抱く。

『……そこまで考えていたのか？』

「ええ、まあ。何年もそんなことばかり考えていたので」

マリー……一宮渚が執筆したイントゥ・ザ・シャドウは殺し屋異能バトル漫画である。

ただし、『異能』という言葉は主人公であるマリー・アドラー以外に掛かっている。

最初の仲間キャラであるデイジーをはじめとして、人外ばかりの殺し屋や悪党達。

イントゥ・ザ・シャドウはそれら人外を相手取り、ただの人間の殺し屋マリー・アドラーが知恵と技巧で勝利していく物語である。

ゆえにその作者である一宮渚は人外達の異能を考えては、その攻略法を考える日々を送っていたのである。

その経験ゆえか、〈Infinite Dendrogram〉においてもマリーは相手の能力を観察して攻略法を見出すことが上手い〈マスター〉であった。

「さて、そろそろ到達ですね」

『……ああ』

やがて、アルクァルは【疫病王】の上空に到達する。

今頃はあちらも【星兜】で捕捉した頃だろう。

（後のアクションも考えれば、四〇秒といったところですね）

マリーは頭の中でこれから行うことを再確認・再計算しながら、それを実行に移す覚悟を決めた。

「それでは、お願いします。四〇秒……雷を吐き続けてください」

『……大概、無茶なことを言われているがな』

最上位　純竜とはいえ、既に〈UBM〉ではない身。

超長距離のブレスの連続放射は消耗が激しく、負担も大きい。

だが……。

『友の仇を討つためならば……やり遂げてみせよう』

その言葉と共に顎を開き、眼下の【疫病王】に向けて雷光のブレスを撃ち下ろした。

雷光が着弾し、前回と同じように耐雷装備を纏った【疫病王】が無効化して耐える。

その瞬間に、両手に異なる刃を握ったマリーは、

――――アルクァルの背から飛び降りる。

それこそが【疫病王】唯一の攻略法、直上からの降下。

マリーは各種情報を検証し、一つの結論を出していた。

それは、地上と空では細菌の有効半径がまるで違うということだ。

マールが刀理に逃がされたとき、彼は地上で息絶えていく家畜を見下ろしていたという。

この時点でラグがある。

また、討伐に赴いた中で移動手段に天竜や怪鳥を用いた者達が、殺傷半径の内側まで問題なく進めたケースもある。

考えてみれば、当然だ。

空中には空気以外に何もない。

土壌はなく、細菌が増殖に使う栄養源もない。

空気に留まることはできても、広がりようがない。

推定で……上空の有効半径は【疫病王】の直上でも五〇〇〇メテルにまで落ちる。

その推定は、直上からの攻撃を行った……攻撃できたアルクァルの話で確定になった。

今も多少の余裕を持ち、七〇〇〇メテルオーバーで近づいた。

〈DIN〉支局の怪鳥では厳しい高度でも、最上位純竜であるアルクァルなら可能だ。

だが、そこまでお膳立てして、警戒の薄いポイントを見つけたとしても、それで【疫病王】に勝てることにはならない。

媒介の薄い空でも、細菌は高度五〇〇〇メテルまで散布されている。

攻撃が到達するまで、超音速攻撃でも十数秒。

それだけの時間があれば、キャンディは耐性装備を身につけることも、対応する細菌を放つことも、あるいは逃げて距離を取ることもできるだろう。

ましてキャンディには【星兜】があるのだから、遠距離攻撃では仕留めきれない。

しかし肉薄しての追撃は不可能。細菌によって死に至る。

直上からの降下でもそれは同じだ。落下中に蝕まれて死ぬだろう。

だが、マリーにはそれを突破する……否、透過する手段がある。


「――《消ノ術》」

宣言の瞬間、彼女の体はこの世界のモノではなくなる。
彼女の姿を捉える光をすり抜け、
彼女の身に触れる空気をすり抜け、
彼女を焼き尽くして余りある雷光をすり抜け、

――あらゆるものを滅してきた細菌をもすり抜けた。

それこそは隠密系統超級職【絶影】が奥義、《消ノ術》。

彼女は存在しないもののように全てを置き去りに、遥か彼方の地上へと落下していく。

存在しない彼女を、【星兜】が捉えることはない。

（……三六、三五、三四）

通常、人間が四〇秒落下したところで落下距離は二〇〇〇メテルにも満たない。

空気抵抗があり、ブレーキがかかるからだ。

だが、今のマリーにそれはない。

《消ノ術》によってあらゆる物理的な干渉を無効化し、空気さえもすり抜ける今のマリーにはブレーキなど掛からない。

しかし空気摩擦の減速はなくとも、地上での使用時にも足が重力に引かれて地についているように、重力加速度の影響は受けることができる。

ゆえに四〇秒の落下は最大の加速をもって【疫病王】との距離を詰める。

（二〇、一九、一八……）

【疫病王】の移動手段は徒歩であり、さほど速くはないが、四〇秒の落下の間に数十メテルは移動することになる。

それを最小限にする意味も込めて、アルクァルに雷撃の陽動を頼んでいた。

風の影響も受けないマリーは、ただ真っ直ぐに落下すれば【疫病王】に辿り着く計算だ。

「……チッ！」

だが、それでもなおマリーの落下地点とキャンディの現在位置にはズレが生じている。

キャンディ自身が動いたか、あるいは雷撃の影響か。

（……だったら！）

AGIにより高速化した思考の中で、マリーは即座に判断を下す。

直後、四〇秒の経過によってアルクァルは雷撃のブレスを止め、マリーも《消ノ術》を解除した。

——同時に《影分身の術》を使用。

——自らの分身を蹴ることで、落下軌道の修正を行う。

「——え？」

《消ノ術》を解除した瞬間に、【星兜】と充満した細菌がマリーを捕捉した。

しかし、それに対して【疫病王】のリアクションが発生するよりも早く、

――暗殺対象に到達したマリーがその首に両手の刃を叩き込んだ。

加速した思考の中で狙い過たず落下と攻撃のタイミングを一致させる。

下から掬うように放たれた左の刃と、振り下ろされる右の刃。

左の刃は加減の一撃。

膨大なレベルがあってもさほど高くはないキャンディのＨＰを死なない程度に削るためのもの。

続く右の刃は致命の一撃。

上空からの自由落下によって生じた運動エネルギーも乗せた急所への一手。

マリー自身の右腕を粉砕しながら放たれた右の刃は、既に減少していた現在ＨＰに数倍する致命ダメージを与え、【ブローチ】を複数回の判定によって粉砕する。

刹那の後、地上に激突したマリーの【ブローチ】も発動し、破損した。

マリーの奇襲によって、双方の命綱が失われた。

「…………あ」

突然の襲撃者、自らの頸へのダメージ、砕けた【ブローチ】。

状況の急転に、キャンディといえど僅かな混乱を得る。

その間にマリーは落下の衝撃から身を持ち直そうとし、キャンディも喉を切り裂かれて血を流しながらも後方に退く。

双方ともに条件はイーブン。

だが、この時点で既にマリーは疫病に罹患していた。

血肉を喰らう《崩れゆく現在》が、急速にマリーのHPを削っていく。

キャンディは考える。

キャンディの防御網……疫病の国を掻い潜り、至近距離まで近づいてきた相手。

細菌に捕食されていても再び無効化してくるかもしれない。

ゆえに、キャンディは油断しない。

目眩ましの有色細菌をばら撒きながら、逃げの姿勢に入る。

ログアウト処理を実行し、三〇秒で逃げ出せるように準備して――。

ログアウト処理は――エラーによって無効化された。

（状態、異常……）

気づけば簡易ステータスには【麻痺（遅効性）】という表示が灯っていた。

それこそはマリーの左手の短剣、【痺蜂剣　ベルスパン】。効果を発揮するまで時間を要する遅効性の麻痺毒ゆえに、レジストを困難とする特典武具。

だが、実際に効果を発揮するのが遅くとも状態異常には罹患している。

拘束系の状態異常を受けた状態であれば、ログアウトは実行できない。

（だったら――）

だったら今この場で確実に殺すしかないとキャンディは理解する。

そして、必殺スキルである《疫病神の実験場（レシェフ）》を宣言しようとして……。

――自らの喉を潰されているがゆえに、宣言ができないことに気づいた。

「――、――ァ！」

それも見越しての、左の刃。

HP削減、状態異常による逃走防止、そして宣言封じ。

三つの役割を担った初手は、その全てで功を奏した。

「……ゴフッ」

肉食細菌に蝕まれながらも、マリーはキャンディを見据えている。

目眩ましの細菌の向こうに隠れた敵手を、隠密系統ゆえに見つけ出す。

そして彼女は、左手の武器を刃から拳銃に持ち替えている。

それこそはマリーの〈エンブリオ〉、アルカンシェル。

だが、常の六連弾倉拳銃ではなく、大型の単発式拳銃にその姿を変えている。

自らの必殺スキルを放つために。

「………………」

自らの命を奪わんとする暗殺者を、自身の眼で捉えるキャンディ。

細菌の守りを突破され、喉を潰され、必殺の宣言を封じられた。

暗殺者の間合いに詰められ、銃口を向けられた彼に、もはや打てる手はなく――。


(――構築開始)

――否。これで終わるモノが神を自称自認自覚などしない。


無言のまま、キャンディは――自らの魔力を操作する。

それはジョブによるアシストではない。

【神】シリーズに就けるティアン達が辿り着くという技術の境地。未来において【氷王】アット・ウィキがようやく一歩目を踏み出した領域――オリジナル魔法スキル。

その境地の最奥、未だ人が届かぬ領域にキャンディはいた。

(術式外殻出力。概念定義。術式対象連結)

彼が彼のみの思考と力でこの瞬間に編んだのは、超級奥義にも匹敵する代物。

無言であるがゆえに、思考のみであるがゆえに、そこには普段の彼を彩るあざとく狂気的な見せかけはない。

ただ、そうあれと定められた神の如く、その権能を行使する。

（構築完了。内在魔力過剰供給）

編み出されるは、疫病の生成・管理を専門とする【病術師】の系譜にして、異質。

《偽神相》――無限級契魔：疫病神カーネイジ）

今、キャンディの眼前で寄り集まった細菌がまるで巨大な怨霊の如き姿を形成していた。

それはいつかの時代、どこかの世界で、猛威を振るった神性の似姿。

触れれば終わる、滅びの代名詞。

細菌と魔力で形成された偽神は、命ある全てを蝕む侵食性に物理的な破壊力を併せ持つ荒御魂となり、神の敵へとその爪を振り下ろさんとする。

人間では抗えぬ、神の猛威がそこに在る。


だが、しかし。

相手が人外異形の神秘だとしても。

それを殺して魅せるのが、マリー・アドラーを主人公とする物語。

「《虹幻銃(アルカンシエル)》――〝神殺し ラ・グラベル〟」

疫災の偽神に向けて放たれたのは赤、青、緑、白、黒、銀……マリーの持ちうる全ての色とアルカンシエルの全リソースをただ一撃に込める全色使用必殺弾(エンブリオ)。

顕現(けんげん)するは、緑の布で両の目を覆(おお)い、獣骨(じゅうこつ)で作られた巨大な剣を担(かつ)いだ女。

その銘(めい)は、〝神殺し ラ・グラベル〟。

彼女の描(えが)いた物語における、最強の殺し屋。

「「――――」」

ここに両者は自らの創造物を呼び出した。

異界の歴史で、空想の物語で、神秘の力を振るった者達の残影(ざんえい)を。

ならば後は、今この時にどちらの過去が勝(まさ)るかを比べるのみ。

――一瞬(いっしゅん)の後、キャンディの偽神とマリーの神殺しが激突する。

偽神の身を形成する億万の細菌群が、不遜(ふそん)なる輩(やから)を蝕まんとする。

その爪を振るえば、軌跡(きせき)のままに生命は削れる。

かつて謳われた滅びの神話に抗える生命なし。

だが、――ラ・グラベルは〝神殺し〟。

神話を超えるからこそ……その名で呼ばれるモノ。

自身の〈エンブリオ〉を完全な機能不全に追い込むほどのリソース消費と、一〇秒にも満たない稼働時間が齎すのは爆発的な『力』の具現。

ラ・グラベルが骨の大剣を振り上げれば、物理的な破壊を伴って生じた轟風が、億万の細菌を繋ぐ魔力以上の圧力となって彼女の道を抉じ開ける。

直後に踏み込みで大地を砕きながら、ラ・グラベルは正面――僅かに薄くなった細菌の只中へと突き進む。

無論、薄くなろうと滅びの疫災は健在。

人体一つ食い尽くすのに然程の時間は掛からない。

二秒後には、ラ・グラベルとて骨も遺さず消失する。

だが、一秒と掛からず、彼女は偽神を突破し――神の前に立つ。

「――ッ」

肉体を欠けさせながらも、ラ・グラベルは手にした刃を上段から振り下ろした。
キャンディの頭部を守るのは、神話級を超えた存在から人類に与えられた防具。
敵を見る力だけではない、防具としての性能も他を隔絶している。
神話級金属の刃でさえも、負けて折れ曲がる定めにある。
されど再び訴えよう。
〝神殺し〟は――神話を超える。
後に超級の金属をも砕くその一撃は【星兜】を断ち割り、

「「――あ」」

――神を両断する。

一撃だった。
蘇生の猶予さえもない。
制御を失った偽神は瞬く間に自壊し、キャンディも光の塵へと変わっていく。
『…………』
だが、神を殺して役目を終えたラ・グラベルも、無言のままに消え去った。

彼女を呼び出したマリーもまた、細菌によるダメージで命尽きようとしている。

しかし恐らくは……キャンディが先に死ぬ。

ゆえにこれは紛れもなく、自分の敗北なのだろうとキャンディは自覚した。

「「…………」」

両断されて言葉を発することもできない体で、自分同様に光の塵になって消えていく黒い女を見ながら……キャンディは思考する。

(——いつか、絶対に、リベンジしてやるのネ)

そしてマリーを睨み、キャンディだった光の塵は風の中に消えていった。

程なくして、マリーだった光の塵も同じように消えた。

『…………』

その決着を上空から見届けて……アルクァルは西へと飛び去った。

仇が討たれたことを、同じ友を持った少年に伝えるために。

あまりにも短く、しかし濃密な戦闘は終わった。

最も多くのティアンを殺した〈マスター〉……最悪の人災は、一人の殺し屋の手によって斃され、〝監獄〟へと送られた。

それが、【疫病王】事件の終幕だった。

この後、一人の殺し屋によって【疫病王】が討たれたという情報が広まった。

それは〈DIN〉を運営する双子社長……管理AIによって広められた真実。

名が分からない殺し屋。それを呼ぶ名を、人々は求めた。

あるいはキャンディ・カーネイジが、自称する通り『神』と認識されていたならば……

それを殺した〈マスター〉は、殺した手段同様に〝神殺し〟とでも呼ばれていたかもしれない。

だが、彼は最悪の被害を出したがあくまでも一人の〈超級〉であり、人間だった。

ゆえに、世界からもそうとしか認識されなかった。

だからこそ殺した者は――〈超級殺し〉と呼ばれるようになった。

◆◆◆

■〝監獄〟

その空間に降り立ったときのキャンディは、笑顔ではなかった。
かと言って、怒りに歪んでいる訳でも、後悔に嘆いている訳でもない。
思案顔で、目を細めている。
「…………」
デスペナルティになった後、寝ても覚めてもキャンディは考え続けた。
自分を殺したあの黒い女は誰だったのか。どこから現れたのか。
突然の対応で構築が少し甘かったとはいえ、《偽神相》を破られたのはなぜか。
さっぱり分からないから、疑問の答えが出ないまま考え続けている。
キャンディにしてみれば、通り魔にいきなり首を斬られたようなものだ。
唐突過ぎて死に方に納得がいかないし、理解もできない。
しかしながら、キャンディは細菌テロで国一つ滅ぼしている。
唐突に病死させられたメイヘムの住人に比べれば、キャンディの抱いた感情は万分の一ですらないだろう。

因果応報と言うには、まだまるで足りていない。

もっとも加害者か被害者かで物事の尺度は違うものだ。

キャンディの持つ尺度は、それこそ神と人の違いに等しい。

ゆえに、報いを受けたなどとはまるで思っていない。『復讐された』などと思わず、先に述べたように『通り魔に遭った』というのがキャンディの感想だ。

『どうしてあんなことに……』と、ごく当たり前に考えている。

復讐すると決めてはいるが、今はひとまず疑問の解消が先だ。

「よう！　新入りかい！」

「ちょっとデコり過ぎだけどカワイ子ちゃんだな！」

「ほう、良い唇ですな……」

ただ、それも声を掛けられたことで中断される。

キャンディは〝監獄〟のセーブポイントで突っ立っていたのだから、声を掛けられても不思議ない。

「〝監獄〟に来たばっかりで戸惑ってるのか？　安心しな！　俺達が案内してやるぜ！」

「とりあえずここで唯一美味いコーヒーを出す喫茶店を教えよう！　そこには〝監獄〟の

顔役もいるしな！」

「……できれば使用後のコップを譲っていただきたい」

彼らは不埒な目的で声を掛けたわけではない（一名のレジェンダリア出身者を除く）。

多少のナンパは含まれていたが、〝監獄〟に来たばかりの新人を案内しようと思っているのも本心だ（一名のレジェンダリア出身者を除く）。

ただし……。

「…………」

キャンディにしてみれば己の思考を邪魔した手合いであり、不敬であり、不快だった。

同時に、考える。

〝監獄〟ではティアンの大量殺傷によるレベルアップはもはや望めないが、それでもまだ殺してリソースを奪える者はいる。

そしてキャンディは〝監獄〟にログインして初めての笑みを浮かべ、

「――《崩れゆく現在》」

――メイヘムを滅ぼしたものと同じ細菌を、〝監獄〟内に放出した。

彼に声を掛けた三人が最初に死亡し、セーブポイントがある街の中心部から徐々に細菌が蔓延していく。

（ティアンよりは少ないけど、今はこれで我慢なのネ）

まずは〈マスター〉を皆殺し、次に〈神造ダンジョン〉のモンスターを鏖殺する。

リソースをかき集めてスペリオルクラスの限界を超えれば、空間操作系能力で構築されているだろう〝監獄〟からの脱出も叶うかもしれないと、キャンディは思考する。

常に細菌を充満させて、自分以外は息絶える死の都市へと〝監獄〟を作りかえる。

キャンディがそう思考したとき。

「その毒……細菌でしょうか？　散布するのを止めていただけませんか？」

――背後からキャンディの肩に手を置き、声を掛けた者がいた。

「⁉」

キャンディが、驚愕と共に振り返る。

この短期間に、あの骸骨、黒い女に続く三度目の驚愕。

だが、ある意味ではこの相手が最も異常だった。

「生物の血肉に作用するのでしょうけれど……。先ほどお店で買った卵まで崩れてしまいまして……」

そう言って買い物袋片手に言う男は、全くの平常だった。

骸骨や黒い女のように、キャンディの前に現れて即座に切り掛かる訳ではない。

困ったような微笑を浮かべたまま、品物が駄目になったと嘆いている。

まるで、キャンディの細菌散布と、卵を落として割ったことが同列かのように。

「……キミ」

男の容姿に、異常さはない。

和装の骸骨ではなく、黒いスーツの女でもない。

ただの私服に眼鏡の、目立たない容貌の男だ。

身につけているものは特典武具でさえないだろう。

だからこそ、おかしかった。

「キミは……何？」

理解不能過ぎて、最もシンプルな疑問を口にするしかなかった。

誰、ではない。

何者、でもない。

何、というそもそも人間かさえも分からないという問い。

そしてそれは、正しかったと言える。

「この私はゼクス・ヴュルフェル。【犯罪王(キング・オブ・クライム)】、もしくは喫茶店の店主です。ああ、それにスライムですね」

男――ゼクスはそう言ってあっさりとネタ晴らし……『人間ではない』と述べた。

（……スライム！）

その言葉で合点(がてん)がいった。

対人間や血肉ある生物に焦点(しょうてん)を絞(しぼ)った《崩れゆく現在》も、スライムは対象からズレており、効果が完全ではない。

相手に多少の免疫(めんえき)・防衛能力があれば無効化されてしまうだろう。

ならば、スライムに特化した細菌(さいきん)を散布すれば有効であるはず。

キャンディは即座にそこまで考えてレシェフに指示を下し、過去に調製していた対スライムの細菌を放出する。

細菌をふんだんに含んだ黒煙(こくえん)に、男が包まれる。

キャンディの目論見(もくろみ)通りならば、これで相手は死ぬはずだったが……。

「ふむ。致死性(ちしせい)細菌の〈エンブリオ〉、というよりは調製システムそのものですか。やはり生産系の〈エンブリオ〉は時間とリソース次第で驚異的な能力を発揮しますね」

「!?」

自分がスライムだと名乗った男は、平然とそう言った。

スライムであるという発言がブラフかと疑ったキャンディだが、それ以前の問題に気づいてしまう。

男の声が、先刻と変わっている。

しかも、どこかで聞き覚えのある声に。

「ただ、やはり調製に際して最低限のセーフティは設けているようですね」

やがて黒煙が風に流されて……。

「――自分は対象外、と」

――そこには、キャンディ自身が立っていた。

「…………?」

今日最大の疑問がキャンディを襲うが、種明かしをすれば簡単なことだ。

最初にゼクスが細菌の被害を受けずに近づけたのは、キャンディの推測通り。

だが、接近して肩を叩いた時点で、ゼクスはキャンディの髪の毛を一本……スライムの体に摂取している。

そして対象の体細胞の獲得を条件とする変形スキル……《シェイプシフト》を使用した。

自らの肉体を——キャンディと同一のものに変えたのである。

「自分ごと殺傷するのでなければ、もう無意味だと思われるので散布を止めていただけますか？　やるとしても別の手段がよろしいかと」

純粋な形や構造に限ればヌンの変形は完璧である。

それこそ、特殊超級職になるための血統さえも模倣してみせたことがある。

キャンディ自身のレベルは今のゼクスよりも高いために【疫病王】のスキルはコピーできないが……姿かたちだけならば完全に写し取れるのだ。

ゆえに、キャンディは詰んでいた。

「………」

キャンディは特典武具を数多持っていたが、その中に純粋な攻撃手段を得るものはない。

なぜなら、細菌こそがキャンディの攻撃……殺傷手段であったゆえに。

特典は防御のためのものか、細菌の素材しかないのだ。

その細菌は全てキャンディ自身を対象外に設定しており、ゼクスに体細胞をコピーされた時点でもはや打つ手がない。

(移ってきたらいきなりこれとか……。最近は運が悪いのネ)

骸骨も、黒い女も、細菌で死んだ。

だが、ゼクスはそもそもキャンディがキャンディである限り細菌で死ぬことがない。

一切の勝ち目が無くなっている。

(ちょっとお手上げ。どうすればいいのかも今は思いつかないナ)

接近される前に手を打たなければいけなかったが、今のキャンディにそれはできない。

何より黒い女によるデスペナルティと眼前のゼクスのショック故に、気づけてもいない。

自らの防衛圏を強めていた兜が、既に自分の手許にないことを。

「それで、止めてはいただけないでしょうか？　このままだと生活に支障が出ますので」

暗に『散布を止めないならば息の根を止める』と含みながら、キャンディの顔のゼクスは最後通牒を突きつける。

キャンディと違ってゼクスには細菌に依らない攻撃手段があるため、このまま戦えばワンサイドゲームにしかならない。それをキャンディも察していた。

そして、早すぎる二度目の敗北も。

(……今度からはもう少しだけ慎重に準備するのネ)

差し当たって、自分と体細胞が同じ相手にも使える細菌を研究するところから始めなければなるまい。

そう考えてレシェフからの細菌散布を止めて、降参を示すように両手を上げる。

ただ、少しばかり遅かった。

「……ああ」

降参したキャンディから視線を逸らし、ゼクスはなぜか空を見上げた。

つられてキャンディも見上げると……。

「…………なにこれ？」

——そこには円が見えた。

否、それは円ではなく、逆円錐。

〝監獄〟第二の〈超級〉……【狂王】ハンニャのサンダルフォンである。

まるで瞬間移動でもしてきたかのように、それは唐突に彼らの真上に出現した。

真下から見た巨大な逆円錐は……直後に彼らの頭上へと踏み下ろされた。

キャンディは……自分と同じ姿をしたゼクスと共に地面と攪拌され、早すぎる二度目のデスペナルティを迎えた。

自分とは別ベクトルに異常な者達(たち)との遭遇(そうぐう)。

キャンディの〝監獄〟での日々は、このようにして始まったのだった。

■旧メイヘム国土

【疫病王(キング・オブ・プレイグ)】キャンディ・カーネイジと【絶影(デス・シャドウ)】マリー・アドラーの一戦。

両者死亡。実質的にはキャンディの敗北であった激戦の痕跡(こんせき)は、ほとんど残っていない。

両者の体は光の塵となり、見届けたアルクァルは去り、キャンディの散布した細菌はバックアップを失ったことで自壊して数を減らしている。

遠からず、住む者がいないことを除けばかつてのメイヘムの風景に戻(もど)るだろう。

だが、そんな風景の中に一つの異物があった。

それは、両断された兜……【試製滅丸星兜】である。

かつて一体の〈ＳＵＢＭ〉から【勇者】草薙刀理に譲られ、その刀理を殺したキャンディの手に渡り、そして今は破壊されて転がっている。

キャンディのデスペナルティと共に消えることもなく、残骸が野原の風に晒されている。

周囲にはデスペナルティに伴うランダムドロップのアイテムも落ちているが、兜はそれらとはどこか違う空気を纏っていた。

不意に、風によるものか……兜の残骸がカタリと揺れる。

『宿主死亡。勝者死亡。該当者皆無。損傷甚大』

無人の荒野に、何者かの幽かな声が流れた。

『記録継続不可能。暫定情報優先。未完。断念。遺憾』

その幽かな声は……兜から発せられている。

『帰還』

一言の言葉と共に、兜は光の塵になった。

それはまるでモンスターの死亡やデスペナルティのようだったが、違う。

ここに刀理や天地の強者がいれば、気づいたかもしれない。

兜を構成していたリソースが、ここではないどこかへ流れていく……と。

◆

誰にも知られていないどこかの暗闇に、それはあった。

深き洞穴の奥、深き闇の中。一切の風雨に触れぬがゆえに、遥か過去のものであっても形を残している玄室の如き空間。

けれど、その空間に近い施設を一つ述べるならば……鍛冶場である。

炉があり、金床があり、槌がある。

ならば鍛冶場と言うしかないだろう。

そこが日の光も炎の照りもない暗黒の坩堝だとしても。

『…………』

黒い鍛冶場の中心に、ボゥと浮かぶ陽炎のようなものがあった。

存在しているのか、存在していないのか。

それすらも定かではない陽炎は、ずっとそこで揺らめいている。

遥か昔からそこにいるのだろう。

遥か昔から……待っている。

『……返却』

しかし、揺らめき続けた陽炎が一言確かに呟くと、暗闇の中に何かが流れ込んでくる。

無形にして不可視のエネルギーだったそれは、陽炎の手元で形を成す。

それは、両断された【星兜】だった。

『……未完』

兜そのものが述べた言葉を、陽炎もまた口にする。

『【勇者】、【武神】、【地神】、【疫病王】、【砲神】、【超力士】、【絶影】』

陽炎は超級職の名を……兜の持ち主が出会い、あるいは交戦した超級職の名を次々に述べていった。

それはどこか、嘆いているようでもあった。

『僅少。不足。遺憾』

望む数を得られたとは言えなかったという言葉が、不満を示す。

陽炎は、この兜の制作者である。

兜の持ち主と超級職の戦いこそが、陽炎の望みだった。

より強い持ち手に乗り換え、渡り歩く仕様にもしていた。

それこそ、刀理がキャンディの眼前で死んだことで兜も直接拾われはしたが……そうでなくとも兜の方からキャンディの下へと移動しただろう。

しかしその仕組みもマリーによって兜そのものを破壊され、尚且つ勝者敗者諸共に消えてしまったのではどうしようもない。

兜は目的の達成も不完全なまま、陽炎の下に返ってこざるを得なかった。

『対抗情報不十分』

嘆いてはいたが……陽炎は動き出した。

黒い鍛冶場の炉に何時振りかの火を灯し、火力を上げ、壊れた兜を鋳潰していく。

陽炎の体で槌を持ち、兜だった金属に叩きつけていく。

今後しばらくは、陽炎はこの作業に没頭するだろう。

『開始。真打。第一歩』

彼の仕事は同じことを五回繰り返さなければならない。

その最初の一歩が不完全だとしても、彼は務めを果たさなければならない。

『奉納。眷属。務』

遥か昔から、陽炎はそうすると決めていた。

大陸を騒がせた【疫病王】事件終結の裏で、誰にも知られないまま動き出した者がいる。

それはやがて、恐るべき存在を表舞台に送り出すことになる。

幕間　語られる物語と語られざる物語

□【呪術師】レイ・スターリング

「……と、こうしてボクは【疫病王】を倒し、謎の凄腕ＰＫ〈超級殺し〉として有名になった訳です。この頃から依頼も爆増して、〈ＤＩＮ〉の双子社長には仲介とか色々融通してもらいました。……その一つがレイさんとのファーストコンタクトだったんですけどね」

「…………」

マリーの話は記事内容に『手段』を含めた様々な情報を追加しつつ、最終的には『【疫病王】は〈超級殺し〉に倒されて〝監獄〟に収監された』という既知の『結果』に至った。

「まぁ、【疫病王】事件は規模が規模なので、ボクの知る情報以外にも色々あったのかもしれません。語れるのは王国で聞いた話と戦いの内容くらいです。あいつが〝監獄〟に落ちた後の話もよく知りませんし。最近も〝監獄〟内でテロったとは動画で見ましたけど」

「ああ。俺もそれは見た」

俺の高校時代の腐れ縁……電遊研の仲間で当時から配信者を続けてる奴が〝監獄〟に収監され、中の様子を度々配信しているのである。元々キャラが濃いことと〝監獄〟内を配信する人が少ないこともあって、中々に再生数を稼いでいた。

どこ行ってもブレずに元気そうだったな、……あの唇フェチ。

レジェンダリアで【妖精女王】のカップを盗んで捕まったのはどうかと思うが。

閑話休題。

「ところでマリー」

「何です？」

「【疫病王】ってどんな奴だったんだ？　人格面じゃなくて、外見で」

新聞に【疫病王】の所業は書かれていたが、容姿情報は全く載っていなかった。

「見た目ですか？　中々見ないくらい変な服装でしたよ」

……ファンタジー世界でスーツ着てるマリーより？

「何せ、武者兜にレインコートですからね！　一度見たら忘れません」

「ああ、それは変だ。会ったことない俺でも見たら一発で気づくだろうな」

「まぁ、〝監獄〟に入った以上は二度と見ることはないでしょうけどね」

マリーに倒された【疫病王】しかり、兄に倒された【犯罪王】しかり。

何をした者であろうと、〈マスター〉は討伐されたところで死ぬ訳ではない。

デスペナルティの期間を経て復活し、しかし罪が重ければ〝監獄〟で服役する。

今のところ、出所できたのはハンニャさんくらいであるし、やったことを考えれば【疫病王】が世間に出てくることは二度とないだろう。

……まさか脱獄できるほどザルな〝監獄〟を運営している訳でもないだろう。

「【疫病王】事件についてはそんな感じでしたけど、まだ気になることあります？」

「……一つだけ」

マリーの話の中で一つだけ、彼女が知っているだろうに語られていないことがある。

「生き残った男の子……マール君はどうなったんだ？」

それは……マリーの『依頼人』でもあった、メイヘム唯一の生存者。

彼がその後の人生をどう生きることになったのかが、マリーの話からは抜けている。

「…………」

ただ、マリーはそれについて明らかに言い澱んでいた。

「どこかの孤児院にでも……？　それともまさか……」

家族や友人の後を追ってしまったのではないか、そんな嫌な予感がして尋ねる。

「……分かりません」

ただ、マリーの回答は俺の最悪の予想とはズレていた。

「事件の後、ボクに協力したドラゴンがどこかに連れていったみたいです」

マリーと協力して作戦に臨み、一人と一体で【疫病王】を倒した……【勇者】の友人にして元従魔。

家族も、友人も、故郷さえも、なくなってしまった少年にとっては唯一の繋がりだ。

「友人に託された少年を連れて行ったってことか？」

「恐らくは。まぁ、理性的なドラゴンでしたから、きっとどこかで元気に生きていますよ」

ならば……まだ良かったのだろう。

せめて彼が、悲劇の後の人生で『何か』を見つけて生きていてほしいと……俺は願った。

それは事件を解決したマリー・アドラーも知らない後日談。

人間社会も、数多の指し手も、関知しきれぬ物語。

□■【疫病王】事件解決直後　アルター王国・アジャニ伯爵(はくしゃく)領

マールは【疫病王】事件の解決をアルクァルの口から聞き、次いで彼を保護している役所の者達からも聞かされた。

自分の依頼を受けたあの黒靄(くろもや)の殺し屋は、本当に刀理(トーリ)でも倒せなかった【疫病王】を殺してくれたのだと理解した。

〈マスター〉は死なないけれど、罪状の重さから二度と〝監獄〟から出て来られないだろうと……役所の者達は言っていた。

事件は終結し、王国は安堵(あんど)に包まれた。

けれど、事件が終わったとき……マールには本当に何もなくなっていた。

故郷を失くし、家族と友を亡くし、そして仇も無くなった。

調査によればメイヘムに充満していた細菌は減少傾向にあり、遠からずメイヘム全土が人の住める土地に戻るという。

だが、人が住めたとしても、そこにはもう誰もいない。

彼の人生を構築した人々……マールと繋がりのある人はもう一人も生きてはいない。

「…………」

もはや二度と返らない日常を思い、マールはメイヘムの方角を窓からずっと眺めている。

今後の生き方については、王国の役所から打診されている。

国営の孤児院があり、そこに入らないかという話だった。

善意で示された道であり、恐らくは最善の道でもあったが……マールは頷けなかった。

王国は王国であり、マールがこれまでの人生を生きてきた故郷ではないから。

今はもう、世界のどこにも故郷がないとしても。

役所の人々は「考える時間も必要だろうから」と、まだマールを同じ部屋に置き続けてくれている。

けれど、遠からずマールは出ていくつもりだった。

生きる術がなくて野垂れ死ぬとしても、それを悲しいとは思ってはいない。

マールは、感情の動きそのものが段々と虚ろになっていた。

アルクァルや役所の人々から【疫病王】の討伐を聞かされても、嬉しいとは思わなかった。少しだけ心の負担が軽くなっても、決してプラスに戻ることはないのだから。

もはや喜びはおろか、悲しみも怒りも残っていない。

殺し屋に【疫病王】の死を願ったときが、最後の大きな心の動きだったのかもしれない。

空っぽの心で、日が昇ってから暮れるまで……マールはメイヘムの方角を見続けていた。


「………」


そんなとき、空に何か奇妙なものが見えた気がした。

それは少し目を逸らせば消えてしまいそうな空気の歪み。

偶々マールの目が捉えたそれは、生き物の形をしていた。

マールの見間違いでなければ……それは空を泳ぐ半透明の竜に見えた。


『――我が写しが人の目に留まるのは久しぶりだ』

マールが半透明の竜を見た直後、真横から聞き覚えのない声を掛けられた。

「…………」

マールは驚きもせず、声のした方を見る。

先日の殺し屋に続いて二度目。もう驚きはしないし、驚くほどの心の動きもない。

そこには空に見えた半透明の竜をミニチュアにしたような、小さな竜が浮いていた。

竜の顔の見分けなどできないが、少しだけマールが知るアルクァルに似ている気がした。

『霊体と自然魔力で編んだ写しが視えるということは、それだけ心が空ということよ。何にも執着していない。自らの生死すら遠く、気に掛けるものも最早ない。違うかな？』

「…………」

マールは言葉を返さず頷きもしなかったが……間違ってはいないと思った。

『ふむ。精神状態だけではないな』

半透明の竜は、ジッとマールの瞳を覗き込んだ。

それはきっと不気味な光景だったが、マールは怖いとも思わなかった。

『ククク……。珍しい。才能までも兼ね備えている。先々期文明から空位だった……失伝した超級職の継承者になりえる』

「……？」

『このような事象に遭わなければ、死するまで開花することはなかっただろう』

半透明の竜が述べる言葉の意味はマールにも分かったが、理解はできなかった。

まるで、『マールは特別だ』とでも言っているかのようだった。

『マールよ』

半透明の竜は、当たり前のようにマールの名を呼んだ。

まるで彼のことを以前から知っているかのように。

『お前は〝特別〟だ』

マールが誤解かと思った言葉を、はっきりと口にする。

『我が下で修練を積めば、たちどころに……外界の時間と比較(ひかく)すればたちどころに力を得られるだろう。あの【勇者】と同じく、特別な存在になれるぞ？』

「…………」

『我が下に来るか？』

【勇者】……草薙(くさなぎ)刀理と同じ〝特別〟になれる。

それはかつてのマールが望んだことだ。

特別な存在になって、冒険譚(ぼうけんたん)を繰り広げることを夢見た。

あの日のマールなら一も二もなく頷いただろう。

けれど、もう知っている。

〝特別〟であった刀理と自分は同じだった。

冒険譚など当事者には災厄でしかなかった。

マールは、〝特別〟が欲しいとはもう思っていない。

彼が欲しいものは、彼の空っぽになりそうな心が求めているのは……二度と返ってこない日常だった。

「……行かない。要らない」

だからマールは竜の申し出に対し……ゆっくりと首を振って答えた。

拒否されて腹を立てた竜が、自分を食い殺さんとするならば……逃げようとも思わない。

マールはもう特別なんて要らない。

欲しいものは何もない。

自らの生さえも求めない。

彼は――〝■■〟だった。

『そうか……』

竜はマールの返答を受け止めて頷き……。

『――合格』

――そう言ってマールの体を光の膜で包み始めた。

「……？」

見ようによっては攻撃されている状態。

明らかに危機的な状況にあったが、マールは驚かなかった。

ただ、疑問ではあった。合格とはどういうことだろう、と。

『あれは求めた時点で資格など消え失せる。だからこそ失伝した難物であり、だからこそお前は相応しい。そしてお前が求めずとも、我が見逃すとは限らない』

竜はとても嬉しそうに、笑みを浮かべていた。

『このような珍しい駒、徒に盤上から無くせるものか。後のゲーム観戦のために、我が下で成長させる』

「………」

怒らせるかと思った回答こそが、この竜の興味を最大限に高める返答であったらしいとマールは気づいた。

光の玉に包まれて、仕舞われて、恐らくはどこかに連れ去られるのだろう。

だが、それに抗う気もなかった。

マールは生も力も求めてはいない。

だが、死を強く求めているわけでもない。

何にも執着していない。

執着するべきもの全てを見失っただけの……迷い子であるからだ。


マールが完全に光に包まれたとき、マールの部屋の扉が無理やりに開かれた。

壊れた扉を踏み越えて、一人の男……人化したアルクァルが入室する。

「父上……！」

『ククク……。アルクァルか、今回は壮健のようだな』

自らに呼び掛けてきたアルクァルを竜――三大竜王が一体、【天竜王　ドラグヘイヴン】の写しは笑声と共に迎えた。

「マール……！」

光の玉に包まれているマールを見て、アルクァルの血の気が引く。

アルクァルにとって、マールは友に託された少年だ。

彼は、マールが王国の孤児院に入ることを望まないならば、「自分と共に世界を旅しないか」と誘いに来たのだ。

旅の中で、少年の虚ろになりそうな心を取り戻せるかもしれないと考えていた。

だが、いざマールのもとを訪れれば……そこには先客として自らの父がいた。

「マールを、どうなさる御心算なのですか……！」

恐らくは、この【疫病王】事件の顛末をずっと見届けて……観戦していたのだろう。

その渦中で何ゆえか、マールに目をつけたのだ。

アルクァルは父にその意図を問い、【天竜王】は隠すこともなく答えを返す。

『〈境界山脈〉……いや、〈時竜王霊廟〉に連れていく』

「……！　母上の……!?」

『ククク、管理者から「絶対に〈マスター〉を入れるな」、「モンスターの強化に使うな」、「侵入を許すくらいならば破壊しろ」と厳命されているが……「ティアンを入れるな」とは言われていない。〈時竜王霊廟〉は極めて特別な場所だ。丁度いい』

アルクァルにとっては、母の墓。

そして世界にとっては、最も特殊な自然発生型ダンジョンである。

『なぁ、アルクァル』

父の意図が読めず困惑するアルクァルに、【天竜王】は静かに声をかける。

『どこにいようと、生きるモノは死ぬ。ルニングスでも、メイヘムでもな』

「……ッ！」

それはアルクァルにとって、どちらも友を亡くした地名。

同時に、アルクァル自身が死を迎えた場所と……迎えるかもしれなかった場所だった。

『アルクァルの力でも守れぬかもしれぬ。既に理解できていよう？』

「…………はい」

過去の二度の敗北を思い、苦渋（くじゅう）の表情でアルクァルは頷いた。

『今後の世界の混迷（こんめい）はより大きく、その中で生きるモノが生存率を上げるならば自らを高めるほかにない。その最善手こそは我が下にある』

「…………」

既に一度の死を経験したアルクァルにとって、父の言葉には理があった。

『我を信じよ。マールに自ら生きる力は身につけさせよう。少なくとも――今の【疫病王】に勝てる程度には、な』

そう笑って、【天竜王】はマールを収めた光の玉を伴（ともな）って姿を薄（うす）れさせていく。

「父上……」

『心配ならば、時折様子を見に来い。もっとも……環境（かんきょう）を考えれば一ヶ月も掛からぬかもしれんがな』

そうして、【天竜王】とマールは室内から消失した。

既に、〈境界山脈〉に戻っているのだろう。

「…………」

アルクァルは苦悩を滲ませた顔で、しかし父の言葉を最後まで否定できなかった。

そして父が約束を違えぬことも知っている。

間違いなく、マールは特別な力を得るだろう。

それを、今のマールは求めていないとしても。

「……我も」

あるいは、自分自身がより強ければ父の言葉を否定できたかもしれない。

もっと前から強ければ、ルニングスとメイヘムで友を喪うこともなく……マールの心を空っぽにすることもなかったかもしれない。

「…………」

父の否定よりも先に、自分の無力こそを改めねばなるまいとアルクァルは結論付けた。

そうして、彼もまたその部屋から立ち去ったのだった。

◇

役所の職員が部屋を訪れたとき、そこには壊れた扉があるだけだった。

彼らはマールの行方を追ったが、スキルを用いても足取りは何も掴めなかった。

そうして、【疫病王】事件解決後に起きたこの小さな事件は迷宮入りとなった。

【天竜王】が〈境界山脈〉に連れ去ったなどという異常極まる答えに辿り着ける者は……

一人としていないのだから。

接続話　そして深淵より

■皇都ヴァンデルヘイム

皇国の皇都の中心には巨大(きょだい)な機械仕掛(じか)けの建造物……【皇玉座　ドライフ・エンペルスタンド】がある。

皇国の宮殿(きゅうでん)にして要塞(ようさい)、最強最古の兵器であり、皇国の政治機能は【エンペルスタンド】と周辺施設に集約されている。

ここが落ちるならば皇国は終わり、とさえ言える存在だ。

「…………」

【エンペルスタンド】の内部にある皇王の執務室(しつむしつ)で、一人の女性が目を閉じていた。

女性の名は、クラウディア・ラインハルト・ドライフ。

表向きは皇妹にして皇国最強の武人である【衝神(ザ・ラム)】。

正体は皇王本人にして皇国屈指(くっし)の技術者【機械王(キング・オブ・メカニズム)】、そして【機皇(インペリアル・マシン)】である。

多重の人生・肩書きを持つ彼女。

それを成り立たせているものは、彼女が持つ二つの特殊性だ。

一つは、彼女自身の才能――ハイエンド。

ハイエンドと名のつく存在の多くは、【ハイエンド・ドラゴン】を筆頭に各種族の中で稀に出現する才能に特化した存在だ（例外はアンデッドなどのクリエイト系モンスターが命名される場合である）。

中でもジョブを持つ者……人間範疇生物のハイエンドは数百年に一度の頻度でしか出現せず、その逸脱度合いは他の種族のハイエンドを上回る。

あらゆるジョブへの適性を持たされたマスターのアバターさえも上回る、あるべきでないほどの異常才能。それに加えて、世界にまつわる情報の多くを与えられる。

彼女こそが今代における人間範疇生物のハイエンドであり、それゆえに彼女は【衝神】にして【機械王】。武術と技術の両極の超級職に就いている。

「…………」

あるべきでない才能の怪物は今、椅子に座りながら眠るように、明かりさえも落とした部屋で微動だにしていない。

彼女は瞑想(めいそう)、思索(しさく)の最中だった。

しかしそれは彼女一人で行っていることではない。

彼女の内では、二人の人物による相談が為(な)されている。

『そろそろ期日ですけれど、アルティミアは提案に乗ってくださるかしら？』

『乗ってくれるならば、それが最善だ。我々から見ても、彼女から見ても』

言葉を交(か)わすのはどちらも彼女だったが、人格(プログラム)が違う。

それこそが、彼女を形作る二つ目の特殊性……人格改造。

彼女は、幼少の頃から行動に適した人格を自ら作り上げる才能があった。

ハイエンドゆえか、それとも彼女の個人的才能なのかは不明。

彼女はこの才能を用い、複数の人格を持つ。


第一人格、ラインハルト。最も古く、彼女自身のベース。

そして僅(わず)かな改造で為政者(いせいしゃ)と技術者の適性を有した者。

兄であり、【機械王】であり、皇国の救済と繁栄(はんえい)を望む皇王。

第二人格、クラウディア。王国の第一王女アルティミアとの邂逅(かいこう)の際に自らの内面を改造して生まれた現在の主人格。

他を隔絶する技量を持つ皇国最強の武人。

妹であり、【衝神】であり、アルティミアの友人。


第三は、人格とは呼べないかもしれない。

形のない人格であり、ハイエンドとして得てしまった情報の塊。

【邪神】の討伐をはじめとする『世界のために為すべき』行動方針を提示する。

義務であり、何者でもなく、しかし決して無視できないモノ。


クラウディア・ラインハルト・ドライフの精神活動とは、この三者の合議制だ。

王国に対する様々な手を打つ際も、同様。

王としてのラインハルト。友人としてのクラウディア。ハイエンドとしての情報。

各々の目的を摺り合わせ、特化したラインハルトが策謀する。

ゆえに皇国の繁栄を主目的とした行動を採っているが、残る二つの人格の意向も交ざる。

だからこそ、どの視点から見ても最善手にはなりえない。

皇王としての最善手を打つならば、王国にもより容赦のない手か、アルティミアに斟酌した甘い手が打てただろう。

だが、友人であるクラウディアの意向が手を僅かに甘くし、ハイエンドの提示する情報が【邪神】を擁する恐れの強い王国への妥協を許さなかった。

彼女が彼女であるがゆえの争議。

しかしどれを切り捨てても彼女は彼女たり得ない。

ラインハルトがいなければ死にかけの皇国は生きながらえることはできず、クラウディアがいなければ彼女が人間として生きる意味がない。

そして、本能の示す行動方針を無視すれば、世界が滅んで全てが終わる。

だからこそ、三者の全てを選びながら進むしかない。

たとえ、破綻しかけたとしても。

『仮に私の提案している〈戦争〉……〈トライ・フラッグス〉が受け入れられない場合、従来型の〈戦争〉を行うしかない。どちらかが終わるまでの、合意なき無差別戦。それが最悪であることは、彼女も既に把握しているはず』

『それはそうですわね』

戦争以降の皇国が仕掛けたギデオン、カルチェラタン、そして王都でのテロ。

加えて、カルディナで発生したグランバロアとの戦争紛いの戦い。

　これらの経緯は、一つの結論をアルティミアに理解させているだろう。

　それは復活地点を維持した〈マスター〉の応酬の危険度だ。

　死しても三日で帰還する〈マスター〉とは言わば、消耗しない特攻兵器。

〈超級〉ともなれば、三日に一度は戦略兵器を敵国に送りつけられることと同義。

　その事実に気づいてしまえば、従来型の〈戦争〉は下策に過ぎる。

　両国ともに〈マスター〉以外が擂り潰されるまで消耗し合うだけ。

　そして完全に解決する手段は、ラインハルトの考案した〈戦争〉……ウォーゲームが最も合理的である。

　擂り潰されない〈マスター〉のみの〈戦争〉による、勝者総取り。

　少なくとも、これを選べば両国トータルでの人的・物的消耗はない。

　王国が勝てば、皇国は手出しできなくなり、欲するものがあれば手に入れられる。

　皇国が勝てば、食料資源やカルディナ等に対抗するための〈マスター〉戦力が手に入る。

何より、最大の懸念点の解決にも目途が立つ。

　講和会議で結ぼうとした条件よりも厳しいものを、一方的に結ばせることも可能だ。

『このルールで勝てば、私達の望みは全て叶う。皇国の窮状は解決し、アルティミアは生存し、王国内の【邪神】を捜索し、始末できる』

『……前二つだけならどうとでもなりますのにね』

そう、かつてこの世界を作った〈無限職〉達が遺したリセット装置……【邪神】の討伐こそが、クラウディアとラインハルトの目的の難易度を跳ね上げていた。

死者のリソースを自動で吸収して成長する性質上、放置すれば確実に目覚めてしまう。

徐々に火薬量を増やしながらカウントが進む時限爆弾のようなものだ。

だからこそ、性急な手を選んででも……今のうちに消さなければならないとラインハルトは決断していた。

既に誕生していることは、ハイエンドとしての情報が告げているのだから。

『先代国王との決裂も、焦点はそこだ。【邪神】を滅ぼして生まれた国が、最も【邪神】の脅威度を理解していなかった。意図的に、情報を操作されていたかのように』

かつての〈戦争〉の前、ホットラインでのエルドル国王との会見。ラインハルトは自国への食糧供給、そして【邪神】と……その果てに覚醒する〈終焉〉についての話をした。

しかし、王国側は【邪神】関連の情報をほとんど知らなかった。

討伐した側については【聖剣王】をはじめとして多くの情報があるのに対し、討伐された側の【邪神】は不自然に脅威や特性の情報が省かれている。

それこそ昔話で語られる『【覇王】亡き後の廃墟と化した業都に陣取り、多くの眷属を従えた強力な存在』という程度の情報が関の山だ。

　それゆえハイエンドとして詳細を知るラインハルトと、王国に伝わっている情報以上は知らないエルドルで認識に差が出ていた。

　そして【邪神】を捜して始末することを告げたラインハルトに、国王は尋ねた。

『伝説上の【邪神】を殺すために、どれほどのことをするつもりなのか』、と。

　対して、ラインハルトは最悪のパターンを想定して述べた。

『最悪の場合は都市一つ。――恐らく王都の住民全てを殺すことになるでしょう』、と。

　当然ながら受け入れられはしなかった。

　あるいは、脅威度の認識が正しくとも答えは同じだったかもしれない。

　それほどに、ラインハルトが述べた言葉は受け入れがたいものだった。

　しかし、ラインハルトは虚偽を口にするわけにはいかなかった。

『ホットラインで虚言を弄さないこと』も、かつての二国間で交わした誓約だ。

　だからこそラインハルトは嘘偽りなく問題解決のための最終手段を口にしたし、それが嘘でないからこそエルドルとは決裂したのだ。

ラインハルトを【邪神】の脅威を妄想した狂人とでも思ったかもしれないし、それ以外にも止めなければならないと決断した理由はあったかもしれない。

『【邪神】を捜索して見つけられなければ、いると思われるエリアごと消すしかない。今代の【邪神】に今のティアンでは戦っても勝てないだろう』

先代の時点で、当時の西方ティアン戦力の総力戦だった。

今はそれよりも質が低下している上に、超級職の多くを〈マスター〉に取られている。

ハイエンドのクラウディアがいたとしても、それで勝てるほど甘くはない。

【邪神】は代を経るごとに強化される。

今代は間違いなく、過去最強の【邪神】だろう。

『……かの【覇王】がいれば、まだ真っ向勝負でも戦いようはあったかもしれないが』

特殊超級職ではないが、取得最難関の超級職。

歴史上ただ一人しか存在しないティアンの怪物がいればあるいは、といったところだ。

『ゼタとの最後の通信で、王都に【邪神】らしき存在は確認できた。……最悪のケースにになりかねないけれど、〈終焉〉よりは良い結果に終わるはずだ』

ラインハルトが王都襲撃で欲した情報は、【邪神】の所在。

最も存在する可能性の高い王都を対象にテロを行うことで、それに自動反撃する【邪神】

を見つけるというものだ。

【邪神】の近辺での戦闘行為は始まった時点で【邪神】のレベルが多少増してしまい、さらにスキルの解放が進むリスクもある。

だが、今の段階ならば……居場所さえ掴めれば解放しても打つ手はある。

『けれど、あれ以来ゼタとの連絡が取れませんわね』

『ああ。彼女からの情報がまだ届いていないし、プランCの下準備がどうなったのかも不明だ。しかしそれさえ確定すれば、多少強引にでも〈トライ・フラッグス〉に持ち込める』

講和会議の戦いの直後に通信して以来、王都襲撃を指揮したゼタとは連絡が取れない。

あるいはデスペナルティになって〝監獄〟に送られたのかとも思ったが、向こう側のネットでも情報を探っているベヘモットも動向を掴んでいない。

〝監獄〟で攻略サイトを更新している〈マスター〉が発信した情報に、『突然にウィルスが蔓延してデスペナルティが続出した』という情報や、『〈超級〉が開いていた喫茶店が休業している』という情報はあったが、ゼタに関しては全くない。

今どこで何をしているのか、それが一切不明なのである。

〈トライ・フラッグス〉に関しての交渉も、それらが確定しないうちは進め方を思案しなければならない。

交渉が停滞している間に皇国は招聘した二人の〈超級〉を待っていたし、王国の方では〈トーナメント〉を開いて戦力強化を図っていた。

ベヘモットと扶桑月夜の契約……『治療行為を条件とした戦闘停止』があったため、元より講和会議から一ヶ月間は動けなかっただろうが。

『……他がどう動くのか分からない以上、あまり長くこうしていたくはないのだけれど』

先に述べたように、彼女が最善手を打てない最も大きな理由は、達成しなければならない三つの目的それぞれに他の目的と反している部分があるからだ。

しかし、クラウディア・ラインハルト・ドライフの内面だけが問題でもない。

盤面を見て彼女達は手を打つ。

しかし今の盤上に置かれているのは超常の力を持ちながらあまりにもしがらみがなく、動く爆弾とも言うべき〈マスター〉達という駒。

その中には、最初は盤面に存在することさえ知らない存在でありながら、幾度となく彼女……皇国の策謀を破ったレイ・スターリングという駒もある。

それら規格外の駒の動きが彼女にとっての障害。

そして……彼女同様に盤面を俯瞰して策謀し、手を打つ者達も彼女の手を妨げる。

彼女とは別の立場で盤面を俯瞰し、手を動かす者達。

王国の打ち手、【大賢者】。

正確には、既に滅びた先々期文明に由来する打ち手達だ。

今の管理者を打倒することを目的とし、そのために現代の被害を顧みない復讐者達。

王国にいた【大賢者】はクラウディアの友であるベヘモットとの戦いで死んだが、既に代替わりを果たしている。

【大賢者】フラグマンは最も資質ある弟子に意志と知識を受け継がせ続けている。

加えて、永きに亘りその補佐を務め続けた存在……【水晶之調律者】もいる。

今も各地で目的のために暗躍しているだろう。


第二の打ち手は、その【大賢者】が倒さんとしている管理者だ。

今の管理者がどこまで見通し、何を目指しているのかも不明だ。

ハイエンドである彼女も、『異邦人』である今代管理者の情報は得られない。

〈マスター〉のことも、ハイエンドとしての情報のフィードバックには含まれていない。

だからこそ、彼らが後から加わった別の遊戯の存在であると理解できる。

だからこそ、彼らが【邪神】には対処できない異物だと知っている。

だからこそ、何が彼らの逆鱗に触れるかも分からない。

彼らのルールが分からず、何をすれば彼らが殺しにかかってくるかも不明なのだ。

それゆえ講和会議での戦いの後、クラウディアはアルティミアにも詳細を話せなかった。

少なくとも、三強時代や過去に存在した危険な〈UBM〉への対処の歴史を見れば、世界の保全を目的にはしていたらしいと予想はできる。

しかしそれも、〈マスター〉の増加したここ数年の動き……各国での〈SUBM〉の出現や【屍要塞】をはじめとする危険な〈イレギュラー〉の放置で分からなくなってきた。


そして……打ち手はもう一人。

最後にして、恐らくは最もクラウディアにとっての『敵』であろう存在がいる。

『特に、あの魔女の動きが気になる。カルディナで頻発する大事件やグランバロアとの衝突。国家の不利益をあの魔女が見通せないとは思えないけれど……』

カルディナの議長、魔女と呼ばれる女、ラ・プラス・ファンタズマ。

未来を見通す力があるとも言われている。

そして、ある意味では管理者よりも謎の多い打ち手だ。

結果を見れば、皇国の窮状の一因であり、戦争を誘導している。

また、多くの〈マスター〉を抱え込んでもいる。

総合すれば、いずれはこの地に覇をなさんとする予兆にも見える。

だが、違和感がある。

カルディナの繁栄を望むならば、より良い手があったのではないか、と。

グランバロアとの衝突など最たるものだ。

そも、交易で栄えた国が戦乱の当事者になることにどれほどの利があるのか。

そして先見の明があると言うには……かの〈宝物獣の珠〉の拡散以降、カルディナで頻発している事件では後手に回っている。

彼女は事件そのものを防ぐことはなく、事件が起きた後に付近に配された〈セフィロト〉が対処している。

これではまるで、徒に被害を拡大することが目的のようですらある。

クラウディアがその頭脳で議長の動きの理由を考えても、思考材料が不足していて答えを導き出すことができない。

『もしかしたらもう死んでいて、他の誰かが成り代わっているのかもしれませんわよ？』

『……私が亡き兄の代わりになったようにかい？』

ラインハルトは、クラウディアの双子の兄のラインハルト・クラウディア・ドライフであるという体裁で皇王をしている。

本物のラインハルトは幼少期のテロで死んでいるため、代わりと言えば代わりだ。

『不慮の事故で死んで、国としてバラバラになるのを避けるため代役を立てて生きていることにする……ありえなくはないけれど』

もしも本当にそうであるならば、魔女の身代わりは無能であるのだろう。

平凡な皇族であったラインハルトの身代わりが、ハイエンドのクラウディアであったことは真逆と言える。

しかしそもそも……未来を見通せると言われる人物が不慮の事故で死ぬとも思えない。

考えれば考えるほどに、分からない。

「……ふぅ」

息を吐き、ラインハルトは一旦思索を中断して執務に戻ることにした。

情報整理と今後の相談以外に、皇王としての仕事が山のようにあるのだから。

ラインハルトが手を振ると、暗かった部屋に魔力式のランプが灯った。

それから届いていた書類を順に確かめて、裁可の印と署名を行う。

その中で、一枚の紙を見つけた。

「そういえば、王国の〈トーナメント〉はじきに最終日だね」

それは〈ＤＩＮ〉から伝わった情報で、九日目の〈トーナメント〉の結果が載っていた。

本戦以降の出場選手や各試合の勝敗も書かれているトーナメント表である。

「けれどこの一連の〈トーナメント〉……奇妙なことが起きているね』

『ああ、〈ＵＢＭ〉が一体逃げたそうですわね』

六日目に起きた事件のことは、クラウディアもベヘモットから聞いている。

だが、ラインハルトは首を振った。

「そちらではないよ、クラウディア」

同じ情報を持っていても、クラウディアとラインハルトは視点や思考方法が違う。

だからこそ、片方が気づかないことにも気づく。

「連日の〈トーナメント〉の上位入賞者。そして本選出場者を眺めてみれば、ある不自然さに気づけるはずだ」

『……？』

ラインハルトはこれまでに行われた者も含め、九枚のトーナメント表を机に広げた。

それぞれの上位入賞者は王国のランカーや、王国内の様々な事件で活躍した〈マスター〉の名であり、不自然と言うほどでは……。

「元々王国で見覚えのある名前が多いくらいで特には、……………あ」

クラウディアは何が異常なのかに気づいて、声を上げた。

理解と共通認識を得られたラインハルトは、心中で呟く。

『さて……これは誰の打った一手だろうか？』

◆

かくして世界を盤面とする打ち手達の密かな攻防は続く。

陰謀、策謀、鬼謀、神謀。盤面に立つ『駒』の視点では、推し量ることもできない事態が今は王国……ギデオンを中心に進められていた。

しかし、だ。

世界の行く末を差配する幾人かの打ち手がいるとしても、世界は彼ら彼女らだけの手で動いている訳ではない。

数え切れないほど多くの者達が世界で動き、そして打ち手と比較にならないほど考えていない者もまた多い。

中には当然、打ち手の智謀の外にいる不確定要素も存在する。

それも……盤面を覆す力を持って。

□■決闘都市ギデオン

ギデオンでは九日目の〈トーナメント〉の終了した後も街はお祭りムードのままだった。

この〈トーナメント〉では〈トーナメント〉開催中はずっとそうであり、〈トーナメント〉の試合内容を熱く語り合う決闘ファン達や賭けの勝利で得た金銭を散財する者、逆に賭けに負けて自棄酒する者がいた。

今日の〈トーナメント〉に優勝したのは非ランカーの〈マスター〉……〈童話分隊〉所属のグリムズという男であり、荒れ模様の〈トーナメント〉を組み合わせの妙で制した大穴である。それゆえ、いつもより博打関連の盛り上がりは凄まじい。

しかしその盛り上がりも、きっと明日を超えるものではないだろう。

明日はついに〈トーナメント〉最終日。〈神話級ＵＢＭ〉への挑戦権を賭けた大一番。

既に参加を表明している者の中には〝炎怒〟のビシュマルや〝四大冥土〟のキャサリン金剛といった猛者が名を連ねている。

そして、〈超級〉にしてこのギデオンの決闘王者――【超闘士】フィガロも最終日だ。

この一〇日間で最大の熱戦が観客達を待っていることは、疑いの余地がない。

それゆえ、最終日に間に合わせようと、夜だというのにギデオンの門を潜る観光客や商人の姿が見受けられた。

「来たわ。来てしまったわ」

そのようにギデオンを訪れる者の中に、少し変わった装いの少女がいた。

レジェンダリアから繋がる道を歩き、南門を抜けて、彼女はギデオンに足を踏み入れる。

「賑やかね。うちのホームタウンよりも発展してるのね！　ちょっと悔しい！」

彼女の容姿は特徴的だ。

膝裏までの長さがあり、肩幅ほどに広がったボリュームがある薄紫色の髪。

豊かな髪の間から伸びる、湾曲した一対の山羊角。

腰の後ろからは細い尻尾が伸びている。

そして、彼女の瞳は夜空に浮かぶ月のような金色だった。

その容姿はまるで、創作物などで見られる『女悪魔』のようである。

「ちょうどお祭りシーズンみたいで楽しそうだわ！　タイミング良くて嬉しいわ！」

彼女はニコニコと笑いながら、舗装された道を歩く。

夜だというのに畳んだ日傘を携え、ステッキのように石畳を突いて歩いている。

そんな彼女は、不思議と目立っていなかった。

『普通』から外れた容姿でも、レジェンダリア出身者としてはさほど珍しくない。

まして、左手の甲に紋章がある……〈マスター〉であるならば尚更だ。

ギデオンが多種多様な人種と〈マスター〉の集まる街であるがゆえに、彼女という存在もまた雑踏の中に紛れ込む。

「うふふ。どうしようかな？　どうしようかしら？　ギデオンは初めてでワクワクするわ。レジェンダリアにないタイプの決闘も見てみたいし、兄さんに突然会いに行って驚かせたりもしたい。前に話題だったポップコーンも食べたいわ」

初めて訪れた観光地にはしゃぐティーンのように、少女は楽しそうだ。

その感情の動きもまた、この街ではありふれたもの。

なにも不思議はなく、群衆の中の一でしかない。

「けれどまずは、何よりもまずは……」

しかしもしも、気づく者がいたならば。

彼女のステータスを、彼女が装備で隠蔽（いんぺい）しているそれらを見破れた者がいたならば……

きっと彼女の存在は集団の中に沈（しず）むことはないだろう。

彼女が何者であるか。

それを示すように、誇示（こじ）するように、彼女は小さな冠を頭に載せている。

そんな彼女は、同輩（どうはい）……【怠惰魔王】ＺＺＺからは次のように評される。

仲間達の中で――、

「【光王（兄さん）】を倒した、兄さんがご執心（しゅうしん）な――レイ・スターリングはどこかしら？」

――一番魔王っぽい、と。

かくして、レジェンダリアの深淵より……第二の【魔王】はやってきた。

To be Next Episode

あとがき

猫「夏発売予定が思いっきり秋までズレ込んですみません！」

羽「羽こと迅羽ダ。いきなり謝罪から入るのカ……」

猫「これでもう四巻連続でズレているのでー……。あ、猫ことチェシャです」

羽「まぁ、刊行ペース最長六ヶ月の記録を更新して七ヶ月だからナ」

猫「言い訳になりますが作者はこれまで締切破ったことはありませぬ……」

羽「本を出す工程には多くの人が関わるから予定通りにいかねーこともあるだロ」

猫「そうだね……。だから」

猫「次はもっとファジーな予告をします！」

猫羽「違うそうじゃなイ」
羽「作者の力の及ぶ範囲で予告との齟齬を防ぐにはそれしかないんだ！」
猫羽「そうかナ……？」
羽「それでは作者のコメントタイムです」

読者の皆様、ご購入ありがとうございます。作者の海道左近です。

この二十一巻は久しぶりに短編集に近い巻となっております。十巻以来ですね。

今回は色々なエピソードを詰め込み、書籍作業で加筆して芯を通す形になりました。例の一つとしては、アットの初歩的な魔法技術の話を前振りに、《偽神相》という深奥を提示する形となっています。キャンディ関連は他にもＷＥＢ版から開示情報を足しましたね。

さて、書籍作業と言えば、右で『締切を破ったことはありませぬ』と言っています。

しかし、追いつめられることは度々あり、このあとがきも締切前日に書いております。

これは作業工程の話になりますが、あとがきは著者校正や挿絵、次巻予告、他の先生方の作品の宣伝ページをどのくらい入れるか、といった他で使うページ数の把握作業が終わった最終段階になるまで使えるページ数が分からないからですね。

最も後に来て、最も締切までの猶予がない、それがあとがき作業です。怖いですね。

そして何でこんな小ネタを話しているかと言えば、『今回は四ページ書いてね』と言われても書くことが謝罪と宣伝と予告しかなかったからです。尺稼ぎですね。

さて、この二十一巻と同時に漫画版十二巻も発売中です。

長かったフランクリンとの戦いの決着。今井神先生の手で大迫力に描かれておりますので、どうぞお手に取ってみてください。

作者は『これ絶対変形するぜ！』という説得力の塊なバルドルと、存在感の濃すぎる漫画版〈マスター〉の人達が好きです。

ちなみにそちらに収録される描き下ろしＳＳ『ロボータの冒険』の締切が九月上旬ですが、これから書き上げます。ちゃんと締切に間に合ったかご確認いただければ幸いです。

最後に次巻についての予告です。

二十一巻をお読みいただき、尚且つＷＥＢ版もお読みの方は挿絵付きでサプライズ登場したキャラクターに驚かれたことでしょう。

次の第二十二巻は『〈トーナメント〉最終日』と『【嫉妬魔王】』の二本柱でお送りいたします。

後者はこの時点のＷＥＢ版では影も形もありませんでしたが生えました。

『【嫉妬魔王】』は丸々書き下ろしだった十七巻と同様、『クロウ・レコードの連載が続いたらやりたいな』と思ってプロットだけ準備していたエピソードとなります。

お蔵入りしていましたが、書籍の方でお出しできるチャンスができたのがありがたいですね。この巻でタイキさんからフライング気味に彼女の素敵なキャラデザを頂けたので、作者の気合も入ります。

書籍での書き下ろしはページ数が多くなればなるほど執筆は大変になりますが、皆様に楽しくお読みいただけるよう締切を守りながら頑張ります。

今後とも、インフィニット・デンドログラムをよろしくお願いいたします。

「俺、原稿終わったらアー◯ードコアⅥで〈エンブリオ〉の紋章デカール作るんだ……」

海道左近

羽「……なんか最後に作者が死亡フラグ立てたゾ」

猫「そうだねー。……さて、あとがきの時間も終わり。つまりは予告の時間だよ！」

羽「もう発売時期を予告しない方がいいんじゃないカ？　予告しなきゃ外れないだロ」

猫「そんな後ろ向きな対応はしない！　今度こそ予告時期を守ってみせるとも！」

猫「二十二巻は二〇二四年前半発売予定です！」

羽「意気込んだ割にめちゃくちゃ大雑把な予定じゃねーカ」

猫「保険かけたけど三月くらいには出せるように頑張ります！」

発売予定!!

HJ文庫

ギデオンで開催されていた〈トーナメント〉もついにクライマックス。
王国最強の決闘王者フィガロの優勝が確実視されていた
最終日の舞台では、誰もが想定していなかった事態が発生していた。
一方、ギデオンに来訪した【嫉妬魔王】ジーは
ジュリエットと出会って意気投合し、二人は友人となるのだが……。

予測不能の展開が巻き起こる第22巻!

Infinite Dendrogram

インフィニット・デンドログラム

22.星辰揃いしとき

2024年春

HJ文庫 https://firecross.jp/
1119

〈Infinite Dendrogram〉-インフィニット・デンドログラム-
21.神殺し

2023年10月1日　初版発行

著者――海道左近

発行者―松下大介
発行所―株式会社ホビージャパン

〒151-0053
東京都渋谷区代々木2-15-8
電話　03(5304)7604（編集）
　　　03(5304)9112（営業）

印刷所――株式会社広済堂ネクスト

装丁――BEE-PEE／株式会社エストール

Printed in Japan

ISBN978-4-7986-3307-7　C0193

ファンレター、作品のご感想
お待ちしております

〒151−0053　東京都渋谷区代々木2−15−8
(株)ホビージャパン HJ文庫編集部 気付
海道左近 先生／タイキ 先生／小笠原智史 先生

アンケートは
Web上にて
受け付けております

https://questant.jp/q/hjbunko

- 一部対応していない端末があります。
- サイトへのアクセスにかかる通信費はご負担ください。
- 中学生以下の方は、保護者の了承を得てからご回答ください。
- ご回答頂けた方の中から抽選で毎月10名様に、
  HJ文庫オリジナルグッズをお贈りいたします。

HJ
ＨＪ文庫